Janne Teller

Komm

Roman

Aus dem Dänischen von
Peter Urban-Halle

Deutscher Taschenbuch Verlag

Von Janne Teller sind im Deutschen Taschenbuch Verlag erschienen:
Nichts – Was im Leben wichtig ist (62517)
Krieg – Stell dir vor, er wäre hier (62557)

Die Originalausgabe erschien 2008 unter dem Titel ›Kom‹ bei Gyldendal in Kopenhagen. Sie wurde von der Autorin für die deutsche Übersetzung überarbeitet.

FSC
www.fsc.org
MIX
Papier aus verantwortungsvollen Quellen
FSC® C019821

2015 Deutscher Taschenbuch Verlag GmbH & Co. KG, München
Lizenzausgabe mit Genehmigung des Carl Hanser Verlag

Published by agreement with the Gyldendal Group Agency.
Umschlagkonzept: Balk & Brumshagen
Umschlagfoto: plainpicture/KNSY Bande
Satz: Satz für Satz. Barbara Reischmann, Leutkirch
Druck und Bindung: Druckerei C.H.Beck, Nördlingen
Gedruckt auf säurefreiem, chlorfrei gebleichtem Papier
Printed in Germany · ISBN 978-3-423-14373-8

»This is a moral universe. Everybody
has to live with themselves
– and Brother, that can be pretty tough.«
Desmond Tutu, Südafrika

I

Der Schnee fällt in dichten Flocken, ihr Rücken ist schon verschwunden. Er steht in der Tür und betrachtet die Fußspuren, drei Stufen hinunter, quer nach links über die Straße und weg.

Die Schneeflocken stieben durch die Türöffnung, wirbeln auf sein Hemd und das Fensterbrett dahinter, er rührt sich nicht. In der Luft ein schwacher Geruch nach feuchter Erde, obwohl es doch unmöglich ist. Die schmale gepflasterte Straße in der alten Stadtmitte ist von einer undurchdringlichen Asphaltdecke umschlossen. Es hat den ganzen Tag geschneit, und auf der Straße liegt der Schnee ein gutes Stück höher als der Bordstein, den man in der einen Ausfahrt, die gefegt ist, gerade noch erahnt.

Der Teppich vor seinen Schuhen ist nass, und rechts an der Hauswand klettert ein kleiner Schneewall heimlich immer höher. Trotzdem zögert er noch etwas. Sie hatte Stiefel mit dicken Gummisohlen an. Er kann die rhombenförmigen Rillen in den Fußabdrücken sehen, die ihm am nächsten sind. Leise rieselt der Schnee auf die Abdrücke, seine Brille beschlägt, und seine Hand auf der Klinke wird weiß vor Kälte. Er schiebt die Tür zu. Aber ehe sie zufällt, zieht er sie wieder auf. Auf der Straße ist ihre Spur undeutlicher, als ob sie den Fuß nachzöge oder einfach nicht imstande wäre, die Stiefel aus dem Schnee zu ziehen, und von einem Abdruck zum nächsten verläuft eine flache Rinne.

Die andern sind längst gegangen. Langsam schließt er die Tür, dreht den Schlüssel um und geht in sein Büro zurück. Setzt sich an den Schreibtisch und wuchtet ein dickes Manuskript vor sich hin. Das Manuskript ist feucht. Die ersten Seiten kleben zusammen, und oben rechts ist es so nass, dass man durch die Vorderseite den verwischten Text lesen kann. Die Ecken biegen sich nach oben, und unter dem Titel ist ein Rotweinfleck, aber er weiß nicht, ob er nicht immer schon da gewesen ist.

Er nimmt die Brille ab, vergräbt das Gesicht in den Händen, schließt die Augen. Sie hätte es nicht zurückbringen müssen. Heutzutage kann man einfach ein neues ausdrucken.

Er bleibt eine Weile still sitzen. Richtet sich plötzlich auf und schlägt mit der Handfläche auf das Manuskript.

»Was bildet die sich eigentlich ein?«

II

Du hast die Wahl«, hatte sie gesagt, ehe sie aufstand und ging.

Selbstverständlich hat er die Wahl. Wer sonst?

Er schaut auf das Manuskript. Steht abrupt auf und geht zu dem Stummen Diener, auf dem seine Jacke hängt, nimmt sie ab und zieht sie an. Der zweite Korrekturdurchlauf ist eben gemacht. Er schüttelt sich, das Hemd, wo es vom Jackett an die Haut gedrückt wird, ist kalt und klamm. Die Herstellung muss es morgen zum Setzer schicken, wenn das Buch planmäßig am sechsten Mai erscheinen soll.

Es wurde von einem jüngeren Mann verfasst, der zu den meistverkauften Autoren im Lande gehört. Sein fünfter Roman. Die Vertriebsabteilung war dafür gerüstet.

Er geht zum Fenster, schiebt die Gardine zur Seite. Der Schnee flutet herab und hüllt alles in ein fieberndes Weiß. Es ist der absolut beste Roman des Autors bislang. Über Themen, die er nie zuvor geschildert, mit einer Einsicht, die er nie zuvor offenbart hat. Er wird sich hunderttausendfach verkaufen.

Er geht zurück und setzt sich wieder. Weltweit vielleicht millionenfach.

»Es ist meine Geschichte«, sagte sie leise.

Er hatte ihr nur das Manuskript gegeben, weil sie dort gewesen war: in Morenzao während des Friedensprozesses. Dachte, es könne sie interessieren. Es war bereits fünf, als sie in sein Büro kam. Sie legte das durchweichte Manuskript auf seinen Schreibtisch.

»Es ist meine Geschichte«, sagte sie leise.

Zuerst hatte er nicht geantwortet. Sie hatten dagesessen und sich gegenseitig angeguckt. Er hätte ihr das nie geben sollen. Er hatte es nicht nur gemacht, weil sie dort gewesen war. Konnte jetzt auch egal sein. Derlei Probleme gab es viel zu viele.

»Eine Geschichte kann man nicht besitzen«, sagte er schließlich.

»Gibt es keine Geschichten, die so persönlich sind, dass andere sie nicht weitererzählen dürfen?«

Ihre Augen sind durchsichtig. Seltsam, dass er es noch nie bemerkt hatte.

»Das hier *kannst* du nicht erlebt haben …« Er sagte es freundlich, nicht wie eine Frage, sie konnte es bestätigen, und die Sache war damit erledigt, oder sie konnte ihm widersprechen, indem sie ihm Details gab, die nur, wie er wusste, in ihrem eigenen Kopf stimmig wären. Wie immer.

Man kann direkt in sie hineinsehen, dachte er. Sie antwortete nicht. Sah ihm nur stumm in die Augen. Das machte ihn wütend. Er weiß nicht, warum. Was er sah, war sie, die ihn sah.

Er greift zum Telefon und ruft zu Hause an. Es werde spät, erklärt er.

»Nicht schon wieder«, sagt seine Frau.

»Du musst nicht auf mich warten.«

»Ich hole dich auf dem Weg ab.«

»Nein, bei dem Wetter solltest du nicht in die Stadt fahren. Das wäre unvorsichtig.« Er meint es ehrlich. Es ist unvorsichtig, bei dem Wetter zu fahren, und er freut sich über die Aufrichtigkeit in seiner Stimme. »Ich nehme ein Taxi.«

Das Küchenpersonal legt immer etwas in den Direktionskühlschrank, was vom Mittagessen übrig bleibt.

Seine Frau erzählt irgendetwas vom Sozialministerium und von einer integrationspolitischen Initiative, die ihren eigenen, gerade vorgelegten Vorschlag untergräbt. Er steht auf und geht zum Fenster und schaut hinaus. Er hört nicht zu. Unaufhörlich schwebt der Schnee durch die Dunkelheit und die Lichtfelder der Straßenlaternen und der Fenster gegenüber. Das ist seine Welt, aber plötzlich kommt es ihm vor, als wäre es doch nicht seine Welt. Er muss eine Rede schreiben. Hat das Universum verschiedene Regeln für verschiedene Personen? Das hat er irgendwo gelesen. Sie hat ihm das nicht gesagt.

»Ich werde schon rechtzeitig kommen«, sagt er.

Als er aufgelegt hat, geht er in die Küche und öffnet den Kühlschrank, um einen Teller mit irgendwas herauszunehmen. Aber der Kühlschrank ist leer. Ist auch egal. Er hat keinen Hunger.

III

Ehe er seine Frau anrief, hatte er die ersten drei Kapitel gelesen. Es ist Fiktion. Faszinierende Fiktion, aber es gibt keinen, der solche Sachen wirklich erlebt. Das Buch fängt damit an, dass ein Wahlbeobachter erschlagen wird, mit dem Blut, das sich mit dem Staub auf dem afrikanischen Linoleum vermischt. Eine junge Frau ist die rechte Hand des Chefs der UNO in Morenzao. Die Seiten sind gewellt und die Ränder feucht, aber der Text ist noch lesbar. Sie blickt auf das getrocknete Blut und weiß nicht, dass ihr Leben im Begriff ist, ein anderes zu werden.

An dieser Stelle rief er seine Frau an.

Siebzehn Uhr fünfunddreißig.

Die Leute glauben oft, Dinge erlebt zu haben, die sie gar nicht erlebt haben. Sie gab keine Antwort, als er sie fragte:

»Hat dir jemand in Morenzao etwas angetan?«

Das sind so Geschichten, die man in Romanen liest.

Sie sah ihn bloß an. Er kam sich wie ein Idiot vor, obwohl sie gar nichts sagte und kein Ausdruck in ihren

Augen sein Gefühl, ein Idiot zu sein, untermauerte. Als ob es einzig und allein seine Verantwortung wäre, dass er sich durch ihren Blick wie ein Idiot vorkam.

Was im Roman angeblich später folgt, ließ ihn diese Frage stellen.

Er blättert vor, versucht die Passage zu finden, ärgert sich über die feuchten, verklebten Seiten.

Sie hielt ihn nicht für einen Idioten. Oder?

Angetan. Vielleicht war es das Wort. So redet man nicht, wenn man von Krieg und Vergewaltigung in Afrika spricht? Aber sie ist es nicht gewesen. Wo steht es? In der Mitte? Weiter hinten?

Ja, sie ist dort gewesen, das weiß er, das wissen alle. Was war noch mal ihr Job? Sie spricht nie darüber. Das heißt, doch, in so seltsam distanzierten Wendungen. Die beiden Jahre in Morenzao. Das ist alles. Diese Augen von weit her. Wie zwei aus ihrem Leben genommene Jahre und so ein seltsamer Unterton der, wie kann man ihn beschreiben, ja, der Freude. Nicht des Entsetzens.

Er überfliegt die mittleren Kapitel, aber er findet die gesuchte Stelle nicht.

»Ein Land, das vom Krieg zum Frieden überging, und ich durfte dabei sein«, hatte sie vor einigen Jahren einmal gesagt. Genau das ist es, kein Grauen. Jetzt erinnert er sich, es war beim Festessen für den Albert-Preis.

»Wir müssen alle das Unsrige tun.« Hatte sie gesagt.

Und gelächelt, die Augen von weit her. Als wäre es ihr Verdienst.

Das ist es, was so lächerlich ist.

Er gibt die Suche nach der Stelle im Buch auf, stattdessen legt er die beiden Stapel aufeinander. Er reißt einen blauen Zettel vom Notizblock und heftet ihn auf die Vorderseite des Manuskripts.

Als hätte sie persönlich Morenzao gerettet!

Er hat noch eine Rede zu schreiben und legt das Manuskript in den Postausgang mit dem Vermerk:

»Zum Satz.«

IV

Es ist fast achtzehn Uhr, und er muss noch eine Rede vorbereiten, bevor er gehen kann.

Wenn sie nicht gekommen wäre, hätte er schon halb fertig sein können. Nicht dass er Lust hätte zu gehen. Es ist eines dieser politischen Abendessen, die für seine Frau wichtig sind und bei denen er mitmacht, weil es auch für ihn nützlich sein kann. Er ist nicht in ihren Kreisen geboren. Morgen soll er auf einer internationalen Konferenz in Wien einen Vortrag über Ethik in der Verlags- und Literaturbranche halten.

Was hatte sie gesagt:

»Du hast die Wahl.«

Sie hat einen Namen, aber wenn er an sie denkt, dann nicht so. Er weiß nicht, warum, aber auch das kann egal sein.

Ist doch alles Unsinn. Was der meistverkaufte Autor des Landes schreibt, hat er ganz allein zu verantworten.

Ein Verlag ist für den Autor ethisch nicht verantwortlich, schreibt er. *Es gehört zur Verantwortung des Verlegers, den Autor darauf aufmerksam zu machen, dass sein Werk für andere anstößig sein kann, aber es liegt allein in der Verantwortung des Autors, ob er es wünscht, etwas eventuell anstößig Wirkendes zu veröffentlichen.*

»Wenn jemand seiner Verantwortung nicht bewusst ist, geht sie automatisch an denjenigen über, der das erkennt.«

Sie ist unerträglich. Er kann schon verstehen, dass die meisten sie nicht ausstehen können. Sie hat etwas extrem Provozierendes. Und dann diese Augen, grau, durchsichtig. Er schiebt den feuchten Manuskripthaufen an den Rand seines Schreibtischs. Als ob sie schon längst alles gesehen, alles verziehen hätte.

Der Schreibtisch ist aus Kirschholz und hat eine eingelassene Schreibunterlage aus grünem Leder. Er ist groß. Als ob sie keiner mehr mit irgendetwas überraschen könnte. Er drückt so fest auf die Tastatur, dass sich das T verklemmt und er ein Weilchen braucht, um die Taste wieder an ihren Platz zu bekommen. Das ist sein Verlag! Wenn sein Schwiegervater stirbt, wird es sein Verlag.

Wofür sollte sie ihm verzeihen?

Seine Frau ist schöner als Petra Vinter!

Fiktion ist nicht Wirklichkeit. Ein literarisches Manuskript kann deshalb nicht nach einem ethischen Maßstab beurteilt werden, der für andere Bereiche des Lebens gilt, schreibt er.

»Nicht?«, hört er ihre Stimme.

Er steht auf und geht zum Fenster, schaut hinaus.

Ist es das, was sie sagen wollte?

Der Schnee tanzt durch die winterliche Dunkelheit, und in den Lichtkegeln der drei Straßenlaternen scheint ein endloser Insektenkampf geführt zu werden. Der Wind hat zugenommen. Im Gebäude gegenüber sind fast alle Fenster erleuchtet. Es sind Privatwohnungen, Leute, die nach Hause gekommen sind, um hinter den Sprossenscheiben zu Abend zu essen.

Er schaut auf die Wanduhr, eine längliche Magnetuhr aus Silber. Achtzehn Uhr siebzehn. Seine Frau muss auf dem Sprung sein. Das Haar eingedreht, ein paar ausgesuchte Dinge in dem ausgesuchten Abendtäschchen, sie schraubt die Ohrringe fest, während ihre Füße mit dieser vollkommen sicheren Zerstreutheit nach den Stilettos suchen, die ihn immer gefuchst hat. Sie sind für achtzehn dreißig eingeladen.

»Er hatte es mir versprochen«, sagte sie. »Dass er nie darüber schreiben würde.«

Einer plötzlichen Eingebung folgend geht er hinaus und reißt die Haustür auf. Ihre Spuren auf den Treppenstufen unter dem Vordach sind immer noch deutlich, aber auf der Straße ist die Schleifspur zwischen den Abdrücken zu einer kaum sichtbaren Senke geworden, und die regelmäßig aufeinanderfolgenden scharfen Stiefelspuren haben sich in abgerundete Vertiefungen verwandelt, so als wäre da keine Person, sondern eher ein ballähnliches Wesen über die Straße und den Bürgersteig gehopst.

Er muss an Lula denken. Er hat schon lange nicht mehr an sie gedacht.

Idiot.

»Bedeutet ein Versprechen gar nichts mehr?«

V

Schriftsteller, ja, Künstler allgemein, haben sich stets des Materials bedient, das ihnen klar vor Augen lag. »Ausgeliefert« würden manche sagen, aber es heißt nicht ausliefern, wenn etwas Kunst ist. Schauen Sie sich Picassos entlarvende Gemälde von den Frauen an, die ihm nahestanden. Ob Dora Maar sich wohl gefreut hat, dass sie als Weinende Frau *ausgestellt wurde? Aber wären wir nicht alle ärmer ohne diese Bilder? Nehmen Sie* Auf der Suche nach der verlorenen Zeit, Der große Gatsby, Buddenbrooks.

Gibt es andere Regeln, als dass die Kunst außerhalb der Regeln der Wirklichkeit steht, weshalb es keine anderen Regeln gibt, als dass die Kunst gut sein muss?

Er hat den Faden gefunden, jetzt läuft es. Er nennt eine Reihe anderer Beispiele. Joyce, Hemingway, Duras … Ganz zu schweigen von der Bekenntnisliteratur der siebziger Jahre. Er zählt Beispiele aus aller Welt auf, nicht aus dem eigenen Land. Es wird ihm erst bewusst, als er daran denkt, was sie eben gesagt hat:

»Ihr wollt nichts verstehen in diesem Land!«

Und hierzulande, nehmen Sie Tove Ditlevsen, schreibt er. *Jørgen-Frantz Jacobsen.*

Er nimmt das Foto auf dem Tisch in die Hand. Seine Frau lacht ihr Töchterchen auf dem Arm an, das damals zwei war. Nun ist es vierzehn.

Diese Jahre lagern in den Büchern auf dem Regal. Würde sie sagen.

Was glaubt sie eigentlich, wer sie ist?

Das ist kein Problem, wenn es die Bücher wert sind.

Sind sie es?

Er geht wieder zum Fenster. Das ist absurd! Sie wird seine Rede niemals hören. Er schiebt die Gardine zur Seite. Der Schnee flutet an der Scheibe vorbei wie eine lebendige Außengardine.

Wann hat die Sache mit Lula aufgehört?

Vor fünf Jahren? Vor sechs?

Er betrachtet das Foto in seiner Hand. Um seine Frau wird er von vielen beneidet. Wenn sie einem andern gehörte, wäre er auch neidisch. Er ist stolz auf sie. Auf ihren Namen. Integrationsministerin. Zusammen stellen sie etwas dar. Viel. Eine solche Frau an seiner Seite zu haben bedeutet etwas. Ohne sie wäre er nicht, wo er ist. Das hätte Lula verstehen müssen.

Wo wäre er denn sonst?

Sie sieht zehn Jahre jünger aus, als sie ist, die Ministerin. Seine Frau.

Ist das den Preis wert?

Selbst wenn sich ihre Geschichte als wahr erweisen sollte und der Autor wirklich über sie geschrieben hat, was würde es nützen, wenn er es ablehnte, den Roman zu veröffentlichen?

Sein Blick vermeidet ihre Schritte im Schnee, er geht zurück und setzt sich wieder.

Man würde ihn nur woanders veröffentlichen.

Er stellt das Foto hin und beugt sich wieder über seine Rede.

Eine Seite. Er braucht mindestens acht.

VI

Sie hat es nicht gesagt.

Das mit dem Land. Oder?

Es ist, als könnte er ihre Stimme dergleichen sagen hören. Aber kommt es ihm nicht nur deswegen so vor, weil sie so aussah, als könnte sie so etwas sagen? Sie hat es nicht gesagt. So viel weiß er. Und trotzdem hört er sie sagen:

»Ihr wollt nichts verstehen in diesem Land!«

Als stünde dieser Satz ausgesprochen zwischen ihnen. Zwischen seinen und ihren Augen. Aber wo entstand er?

Sie ist von hier. Zwar irgendwo in Mitteleuropa geboren, Slowenien, Tschechei, Ungarn oder wo auch immer, aber aufgewachsen in der Hauptstadt wie er. Also warum sollte ihm das Land mehr gehören als ihr?

Warum beschäftigt ihn das? Er soll eine Rede schreiben.

Ist es nicht in allen Ländern so?

Sie hat es nicht gesagt. So viel weiß er.

Was wollen wir eigentlich nicht verstehen?

Jeder Künstler muss selbst einen Pakt mit seiner Umgebung schließen, schreibt er.

»Das ist ja gerade das Problem. Er hat gesagt, dass er nie über Dinge schreibe, die andere ihm erzählt hätten.«

»Du hast es erzählt. Du hättest auch den Mund halten können.«

»Ist das die Lehre, die wir daraus ziehen sollen? Dass Vertrauen nur missbraucht werden kann, weil man so dumm war, überhaupt Vertrauen zu haben?«

Eine Diskussion, die sie nicht geführt haben. Trotzdem geht sie ihm durch den Kopf. Wo hat er von diesen Frauen gelesen, die Fußspuren hinterlassen, und das Problem sei bloß, dass man sich nie sicher sei, ob es Fußspuren aus Tag oder aus Nacht sind. Herrgott, wie banal! Oder hatte es ihm einer erzählt? Teufel noch mal, hat er es nicht eben erst gelesen? Er schlägt das Manuskript auf, lässt den Blick über die feuchten Seiten laufen. Kapitel zwei, da steht es:

»Sie gehört zu diesen Frauen, die Fußspuren hinterlassen. Das Problem ist nur, dass man nicht weiß, ob sie aus Tag oder aus Nacht sind.«

So steht es da, aber er kennt die Worte von anderswo her. Stimmt, es war bei der jährlichen Weihnachtsfeier. Sie war nirgendwo zu sehen. Zwei Männer im Gespräch, der eine lehnt sich an die Wand, der Autor. Der andere, auch Autor, steht, zum ersten gewandt, ein wenig gebeugt und sagt die Worte mit leichtem Kopfschütteln. Fußspuren im Nacken. Es könnte sich um irgendjemanden handeln.

Wieder betrachtet er das Bild seiner Frau. Mit seinem dritten Kind, der Rahmen ist aus schwarzem Leder, dünner doppelter Goldrand, helles Haar und blaue Augen. Lula hatte halblange braune Haare. Die Fotos des Sohnes, neunzehn, und des ältesten Kindes, der einundzwanzigjährigen Tochter, stehen hinten auf dem Regal. Er ist immer stolz gewesen, sie zu zeigen. Jetzt hat er den Eindruck, ihre schwarz-weißen Augen und ihr flaches Lächeln wollten ihm etwas vorwerfen.

Warum ist er sich so sicher, dass das über sie gesagt wurde?

Was haben sie ihm vorzuwerfen?

Wenn der Künstler den eigenen Pakt mit seiner Umgebung nicht einhält, ist dies selbst eine Form von Pakt: Dann muss seine Umgebung nur lernen, dass gerade in der Wiederholung des nicht eingehaltenen Pakts der Pakt ebendieses Autors besteht.

Sie haben doch alles bekommen.

Wer weiß, wo Lula heute ist.

Er schaut zum Fenster. Von hier ist der Schnee in der Dunkelheit draußen eine flimmernde weiße Wand.

Es ist nicht seine Verantwortung. Sie muss mit dem Autor darüber reden.

»Ich hab's versucht«, sagte sie. »Er meint, es sei Zufall. Dass er sich an nichts erinnere. Dass er gar nicht gewusst habe, dass ich da gewesen bin. In Morenzao.«

Kann man überhaupt umhin, das zu wissen?

»Und der andere, der dabei war? Er könnte es doch bestätigen.«

»Er hat eine Frau. Und Interessen, die er schützen muss. Er sieht zu dem Autor auf.«

In dieser Branche musste man sich so einiges anhören. Vor ein paar Wochen erst war einer seiner Lektoren den Klagen eines Autors ausgesetzt gewesen, der darauf hingewiesen hatte, dass eine ganze Reihe von Sätzen aus seinem gut besprochenen, aber schlecht gegangenen Buch fast wörtlich in einem tausendfach verkauften Roman eines anderen Autors stünden.

»Ich schau mir das mal an«, hatte er gesagt. Die beiden Bücher mit eingelegten Fähnchen lagen nach wie vor ungeöffnet auf seinem Tisch. Aber er konnte sich doch nicht um alles kümmern, was ihnen grade durch den Kopf ging. Er langt nach den beiden Büchern und schlägt sie an zwei zufälligen Fähnchen auf. Stimmt, die Sätze sind identisch ... Er blättert zur nächsten Stelle, hier auch. Und zur dritten. Vierundzwanzig Sätze, die ganz genau übereinstimmen. Und dreißig, in denen besondere Wendungen übernommen wurden. Siebzehn, in denen der Rhythmus der Wortwahl exakt derselbe ist.

Lula würde sagen, man könne die Chemikalien an den Fingern schmecken.

Was würde Petra Vinter sagen?

Meinte sie das, als sie sagte, die ganze Branche habe ein Problem? Wusste sie von dieser Geschichte?

Alle Schriftsteller haben zu allen Zeiten auf dem bereits Existierenden aufgebaut, haben sich auf die Schultern ihrer Vorgänger gestellt, schreibt er. *Wann aber wird etwas zur Kopie? Wie viele Sätze, Wendungen oder Passagen müssen übereinstimmen, damit es Diebstahl wird? Bestenfalls Nichtoriginalität?*

Die Frage ist, ob der Fall so selten ist. Vergreifen sich alle Autoren? Oder bloß einige? Und gehört es nicht einfach zum Handwerk? Wo verläuft die Grenze, wenn es sowieso oft das Leben anderer ist, das in den Büchern geschildert wird? Heißt das nicht auch, von anderen zu stehlen?

Vielleicht bedeutet das Schriftstellersein an sich, einen faustischen Handel einzugehen. Seine Seele zu verkaufen, um etwas Größeres zu erschaffen. Denn Ideen – woher kommen sie? Wo entsteht die Fiktion, wenn nicht aus der uns umgebenden Wirklichkeit?

Sie hat es nicht so gesagt, wie er vorhin dachte: »Sieht zu dem Autor auf.« Nein, war es nicht eher: »Braucht ihn«?

»Er braucht den Autor.«

Oder hat sie gar nichts Entsprechendes gesagt?

Er läuft in die Küche und macht den Kühlschrank auf, aber als die Innenbeleuchtung angeht, fällt ihm ein, dass er leer ist. Er schaut auf die Uhr, neunzehn elf. Wenn er sich beeilt, kommt er noch pünktlich zum Hauptgang.

»Mir kann es egal sein«, sagte sie. »Ich muss sterben. Du musst damit leben.«

Von ihrem einen Ohr fehlt ein kleines Stück.

VII

Alle Geschichten gehören anderen, schreibt er. *Nicht einmal die Geschichte unseres eigenen Lebens kann erzählt werden, ohne dass gleichzeitig die Geschichte vom Leben anderer Menschen erzählt wird.*

Er betrachtet das Bild seiner jüngsten Tochter. Was wird sie eines Tages über ihn schreiben? Wenn sie das Schreiben wählen sollte.

»Afrika ist weit weg«, hat er gesagt.

»Ich bin hier.«

Wir sind in derselben Welt, hört er sie fortfahren, aber so hat er es nicht in Erinnerung. Nein, sie erwiderte bloß ihr »Ich bin hier«, als sagte das alles. Lula würde sagen, so ist es.

Wir haben die Verantwortung für den, der vor uns steht, schreibt er.

Korrigiert es dann zu:

In welchem Maße wir die Verantwortung haben für denjenigen, der vor uns steht, hängt davon ab, ob wir stärker oder schwächer sind. Wer die Macht hat, das Leben des anderen zu beeinflussen, hat auch die Verantwortung.

Ja, so ist es.

Er löscht den ganzen Absatz.

Er sollte es von allen am besten wissen. Er kommt vom Rand. Dem Bereich zwischen Außerhalb und Innerhalb. Er hat die Macht, oder ist er ein Opfer der Macht?

»Du bist einer von uns«, würde seine Frau sagen.

»Sie muss es so sagen«, würde Lula einwerfen. Und hinzufügen: »Weil sie weiß, dass du in Wirklichkeit einer von uns bist.«

Ihm selbst ist es egal. Es gilt, praktisch zu sein.

Es ist praktisch, innerhalb verheiratet zu sein.

Selbstverständlich hat er die Macht.

Die Literatur, die sich verkauft, finanziert die, die sich nicht verkauft. So ist es immer gewesen. Das muss auch Petra Vinter verstehen: Die Bestseller des Autors finanzieren ihre mathematischen Lyriksammlungen.

Er schreibt die letzten vier Zeilen noch einmal. Will sie dann ein weiteres Mal löschen, setzt sie aber schließlich in eckige Klammern. Fährt fort:

In der Ausübung der Kunst entledigt sich der Künstler der Verantwortung, die wir Menschen im wirklichen Leben haben, eben weil die Kunst nicht die Wirklichkeit ist. Weil nämlich in der Kunst die Grenzen der Verantwortung, die wir in der Wirklichkeit haben, gefunden werden müssen, und das lässt sich nur bewerkstelligen, indem man zuallererst die in der Wirklichkeit existierenden Grenzen aufgibt.

»Wir arbeiten ja auch nicht mit Versuchstieren, Giftstoffen, Atomwaffen und solchen Sachen.«

»Wie kannst du von denen, die das tun, erwarten, dass sie an ihrem Platz Verantwortung übernehmen, während du das an deinem Platz nicht tust?«

»Es ist Fiktion.«

Es ist praktisch, Petra Vinter zu widersprechen.

»Das sollte es umso leichter machen. Wird die Welt mit diesem Buch besser sein?«

»Es ist Fiktion.«

»Wird die Welt ohne dieses Buch schlechter sein?«

»Daran kann man Kunst nicht messen. Das weißt du doch selber.«

»Ist es Kunst?«

»Es ist Fiktion.«

»Etwas davon ist Wirklichkeit. Meine Wirklichkeit.«

»Aber die Namen sind fiktiv. Keiner wird es wissen.«

»Ich weiß es.«

Sagte sie »ich«? Oder sagte sie:

»Du weißt es.«

»Ich habe geschwiegen aus Rücksicht auf etwas, das wichtiger war als ich. An dieser Geschichte soll sich kein anderer bereichern.« Sagte sie das, oder sagte sie: »Es wird Schaden anrichten, wenn diese Geschichte erscheint. Schaden für Morenzao. Schaden für mich.«

Es ist praktisch, praktisch zu sein.

»So ist die Welt. So ist die Wirklichkeit.«

»Ist sie so?«

Oder sagte sie:

»Willst du sie so haben?«

Er ist sich nicht ganz sicher, wie viel von diesem Dialog in Wirklichkeit abgelaufen ist und wie viel davon hier und jetzt in seinem Kopf entsteht.

Es ist unpraktisch, mit Petra Vinter zu sprechen.

Er sieht, wie ihr Mund die Worte formt »Ich habe geschwiegen aus Rücksicht auf …«. Aber hat sie es wirklich gesagt?

Sie sagte auch nicht, dass sie sterben müsse. Oder?

Es ist die Frau im Buch, die an Aids stirbt.

Und was, wenn nichts davon wahr ist?

Er kann doch hier nicht Richter in einem Prozess sein, der gar nicht stattfindet. Sie sieht gesund und munter aus, ihr fehlt bloß ein Stück vom Ohrläppchen. Wenn sie meint, sie habe hier eine Streitsache, muss sie den Rechtsweg einschlagen. Ja, so muss es sein.

»Ich kann keinen Prozess gegen jemanden anstrengen, weil kein Gesetz es verbietet, die Geschichten anderer zu verwenden«, sagt sie.

»Siehst du«, antwortet er.

»Was sehe ich?«

Er kann Petra Vinter nicht ausstehen.

VIII

Er legt den Hörer auf.

»Ja, das ist wahr«, sagte sein Freund, der Anwalt.

»Sollte es so ein Gesetz geben?«

»Das ist Sache der Politiker.«

»Wir könnten doch eine Meinung dazu haben, hm?«

»Ja, schon …«

»Was meinst du?«

»Was meinst *du*? Du hast doch mit Literatur zu tun!«

»Was ich meine?«

Ja, was meine ich?

Geschichten, die einmal der Öffentlichkeit zur Kenntnis gelangt sind, gehören der Öffentlichkeit und können somit von Künstlern nach ihrem freien Willen verwendet und wiederverwendet werden, schreibt er. *Private Geschichten sind nur privat, solange der Urheber der Geschichte ihren privaten Charakter wahrt.*

Genau so ist es.

Was ist mit der ersten Veröffentlichung?

Hat man das Recht, eine Geschichte zu veröffentlichen, die einem in aller Diskretion anvertraut wurde, nur weil man die Namen verändert hat? Gibt einem die Fiktionalisierung den Freibrief dazu?

Ja.

Solange die Namen fiktionalisiert sind, kann nicht von Inkriminierung gesprochen werden, schreibt er.

Was nun, wenn jemand über ihn und seine Frau eine Satire schriebe?

Wie er in den innersten Kreis einheiratete, in einen Verlag? Wie er entschied, welche Autoren er mitnahm, welche nicht? Was er ihnen erzählte und was er verschwieg? Welche Kollegen er beiseitedrängte? Über Frode Jørgensen (nein, nicht über Frode, das weiß keiner, im Übrigen gibt es darüber überhaupt nichts zu wissen). Dann über die endlose Reihe seiner Frauen? Und über die Frau, die ihn nie verlassen wird, weil sie seinen Intellekt für ihre Karriere braucht, die sich aber seit Jahren mit einem anderen Mann trifft? (Denn ist es nicht so? Hat er nicht den Entschluss gefasst, das zu ignorieren? Nein, daran darf er jetzt nicht denken!) Vielleicht auch ein bisschen über Lula? Über Lula, bei der er nicht einzog, weil sie ein Niemand war.

Würde man es nicht so darstellen?

Weil Catering kein Geschäft ist. Über das es sich zu sprechen lohnte.

Aber so war es nicht!

In diesem Land sind wir alle gleich!

Denk daran, Petra Vinter.

Wenn Namen und andere identifizierbare Fakten fiktionalisiert werden, kann nicht von Inkriminierung gesprochen werden, berichtigt er.

Oder doch?

Und was ist identifizierbar?

Was nun, wenn es nur eine einzige Dänin gab, die für den UN-Friedensprozess in Morenzao gearbeitet hat, und ein Buch beschreibt eine Dänin, die für den UN-Friedensprozess in Morenzao arbeitet? Und beschreibt sie nicht nur, sondern geht einer Geschichte auf den Grund, die die wirkliche Frau nie zu enthüllen gewillt war?

Auf dem Bildschirm erscheint ein Ausrufezeichen, eine Nachricht ist eingegangen. Er entscheidet sich, mit dem Lesen der Nachricht noch zu warten. Das Magnetzifferblatt zeigt neunzehn Uhr achtunddreißig, es schneit nach wie vor. Er muss sich beeilen, fertig zu werden, damit er aus dem Haus kommt, solange die Züge noch fahren.

Er wählt Veras Nummer, aber der Hörer wird nicht abgenommen, und er legt sofort auf, als sich der Anrufbeantworter in Gang setzt.

Angenommen, die Frau im Buch hieße Susan Sommer, während die Frau in der Wirklichkeit Petra Vinter heißt?

IX

Sie steht in der Tür und betrachtet den toten Mann. Er ist übel zugerichtet, seine Haut blauschwarz. Obwohl sie lange saubergemacht haben, ist noch überall Blut. Die Sanitäter heben den Mann auf eine Bahre und tragen ihn hinaus. Sie fahren mit Blaulicht und Sirene los. Es ist eine Demonstration. Der Mann ist tot, normalerweise wäre kein Krankenwagen gekommen, selbst wenn eine Chance bestanden hätte, dass er überlebt. Das wissen alle. Sie auch. Sie machen das nur wegen der Wahl und weil der tote Wahlbeobachter der wichtigsten Oppositionspartei angehört und weil es mit der Wahl hier und jetzt vorbei wäre und damit auch mit der Waffenruhe und dem Frieden, wenn es den Anschein hätte, dieser Mord würde hingenommen.

Sie machen das wegen der laufenden Kameras.

Und weil die UNO die Krankenwagen hat.

Sie erfährt von ihrer Suspendierung, als sie ins Büro zurückkommt. Dies sei nicht sein Wunsch, sagt ihr Chef. Aber er könne nicht anders. Die RUWASS wolle sich aus der Wahl zurückziehen, wenn der Mord an ihrem Mann keine Konsequenzen habe.

»Für dich bedeutet es ja im Grunde nicht viel«, sagt er. »Dein Gehalt wird dir weiter ausbezahlt, und in zwei Monaten solltest du sowieso mit uns allen abgereist sein. Wir sind bloß gezwungen, ein Exempel zu statuieren.«

Als sie insistierte, hatte er hinzugefügt:

»Ich kann auch nicht für deine Sicherheit garantieren. Am besten, du verlässt Morenzao sofort.«

»Wenn ich abgereist wäre, würde …« Sie zögert. »Es hätte da aufhören können«, korrigiert sie sich rasch. »Wenn ich da aufgehört hätte.«

An dieser Stelle wird ihr Gesicht grau, und sie sagt nichts mehr.

Er steht auf und geht zum Fenster. Der Schnee scheint zugenommen zu haben. Er wirbelt aufgeregt herum, es fegt gleichsam über die Dächer und über den Boden, als hätte auch der Wind noch zugenommen. Überall erheben sich Verwehungen, an den Hausmauern, rund um die Laternenpfähle, an den Sprossenkanten der Fenster gegenüber und an seinem eigenen Fenster. Die Scheibe beschlägt vor seinem Mund, und er wischt das Glas mit dem Handrücken sauber.

Sie hatte die Geschichte nicht ihm erzählt, sondern ihrem Lektor.

Es ist noch ein anderer da gewesen, aber er weiß nicht mehr, wer. Es war im Zimmer des Lektors. Die beiden saßen am Tisch, er selber stand. Am Fenster, wie hier. Er muss hereingekommen sein, um dem Lektor etwas zu sagen, wieso sollte er sonst da gewesen sein?

Wenn die Züge aufhören zu fahren, muss er sehen, dass er eine Taxe ruft. Man wird sich darum reißen.

Der Regen strömte herab und trommelte in lärmenden Kaskaden an die Scheibe.

»Es war meine Schuld«, hatte sie gesagt.

Warum sich an solche Sachen erinnern?

X

Kunst ist nicht Wirklichkeit, schreibt er. *Der Künstler schöpft aus der Wirklichkeit, um eine fiktive Reflexion über die Wirklichkeit zu erschaffen.*

Aber wenn sich nun die Kunst ganz eng an die Wirklichkeit anlehnt? Ist es dann noch Kunst? Oder ist es dann Journalismus?

Er schaut zum Manuskript hinüber. Besteht es bloß aus einer Reihe von Illustriertenartikeln, in denen die Namen geändert und die Fotos weggeschnitten sind? Und falls ja, welche Regeln gelten dann?

Die der Literatur oder die des Journalismus?

Warum sich darüber den Kopf zerbrechen?

Es ist Fiktion. Was anderes ist dazu nicht zu sagen.

Er steht auf, geht zum Fenster, macht auf dem Absatz kehrt, verlässt sein Arbeitszimmer und geht durch den Flur zur Haustür.

Das Schneetreiben überfällt ihn wie ein Tuch aus eisigen Nadeln, keuchend tritt er einen Schritt zurück.

Schließt die Tür nicht ganz. Wenn er sie nur eine Handbreit offen lässt, kann er ihre Fußspuren verfolgen, ohne von etwas anderem als einem schmalen Streifen kalter Stiche getroffen zu werden. Sie sind noch deutlich zu sehen. Aber auf der Straße sind sie zu weichen Vertiefungen geworden, die im Verlauf der Nacht verschwinden werden, wenn es weiter so schneit.

Ist es überhaupt dieselbe Geschichte? Woher weiß man das mit Sicherheit? Könnte es nicht ebenso gut eine Lüge sein?

Er ist nicht dafür verantwortlich zu prüfen, was in einem Buch der Wirklichkeit entnommen ist und was nicht.

Die Verantwortung liegt bei demjenigen, der die Macht hat, die Verantwortung zu übernehmen.

Schweig, Petra Vinter!

Er sieht Lula in den Fußspuren stehen. Sie dreht den Kopf und öffnet den Mund, ohne zu lächeln, wie immer:

»Kommst du?«

Er schüttelt den Kopf.

»Ich kann nicht.«

Wie immer.

Die Schneeflocken sind hart und scharf, sie tun weh, wenn sie auf seine Hand fallen, und dann sind sie geschmolzen und nur noch kalt, und er schließt die Tür und geht ins Badezimmer, trocknet Hand und Gesicht ab und geht wieder an seinen Schreibtisch.

Sie schien darauf gewartet zu haben, dass er ihr die Frage stellte. Schon bevor er sie stellt, kramt sie drei Unterlagen heraus.

»Bitte!«

Den Zeugenbericht über den Mord an einem Mann mit afrikanischem Namen, unterzeichnet von Petra Vinter, das Foto einer weißen Frau in einer Gruppe schwarzer Männer mit UN-Baretten und Gewehren und das Foto einer übel zugerichteten jungen Frau in einem Krankenhausbett. Kein Zweifel, dass die Frau auf dem ersten Bild Petra Vinter ist. Und auf dem zweiten?

»Außer Kleinigkeiten gibt es nur eine wesentliche Sache in dem Roman, die mit meiner Geschichte nicht übereinstimmt.«

Er sieht sich die Frau im Krankenhausbett genauer an. Das Gesicht ist ein wenig unscharf, aber man sieht deutlich, wie geschwollen es ist, blaulila ein Wangenknochen, der Kiefer geschient, ein Verband über der rechten Augenbraue und das rechte Auge derart dick, dass sie es nicht aufmachen kann. Das Foto trägt keine

Jahresangabe, aber auf der Rückseite steht ein Datum, der zwanzigste November.

»Welche?«

»Das ist egal. Oder?«

Die eine Seite des Kopfes ist rasiert und die Wunde, vermutlich ein Riss oder Spalt, so gründlich verbunden, dass auch der größte Teil des linken Ohrs verdeckt ist.

»Musst du sterben oder nicht?«

Er hat Lust, sie das zu fragen, lässt es aber. Er kann sich die Antwort schon denken: Das müssen wir alle. Das nützt ihm gar nichts.

Irgendetwas auf dem Bild zog seinen Blick an. Er weiß nicht mehr, was es war.

Wie wesentlich weicht es von der Wirklichkeit ab, wenn der Autor schreibt, seine Hauptperson sei infolge bestimmter Ereignisse vergewaltigt worden, in einer Massenvergewaltigung, obwohl dies der realen Person nicht widerfuhr. Ist das nicht ein wesentlicher Unterschied? Oder ist es egal?

War die Frau im Krankenhausbett Petra Vinter?

Ist sie es?

Er wendet den Kopf, draußen schneit es ohne Ende.

Oder schlimmer: Wie viele würden die Geschichte wohl erkennen und glauben, sie sei es und genau so sei es gewesen?

Wäre das Verleumdung? Oder doch nur Fiktion?

Ist es Verleumdung, in einer Romanfigur eine Person der Wirklichkeit identifizierbar zu machen und dieser Romanfigur Charakteristika oder Handlungsabläufe zuzuschreiben, die nicht der Wahrheit entsprechen?

Er schlägt das Manuskript mittendrin auf, sucht nach etwas, ohne es zu finden. Ja, er weiß, sie hat ihm die Fotos nicht heute gezeigt. Er hat sie bei ihr zu Hause gesehen. Vor ungefähr drei Monaten. Sie hatte eine Einladung gegeben, weil einer ihrer Freunde, ein anderer Schriftsteller mit einer kleineren Wohnung, einen Preis erhalten hatte.

In einer Zeitung wäre es nicht erlaubt.

Nicht einmal in einer Illustrierten.

Fiktion ist nicht Wirklichkeit.

Ist es denn Fiktion?

Was, wenn die Frau im Buch Aids hätte, und die Frau in der Wirklichkeit wäre Petra Vinter?

XI

»Man weiß immer, was wahr ist«, sagte Lula.

Sie redete von Salat.

Sie benutzte das Wort »wahr« für etwas Gutes, etwas nicht Verunreinigtes. Sie hatte ein merkwürdiges Vokabular, sie war in den Hochhäusern aufgewachsen. Im Westen der Stadt. Das sei seine andere Seite, sagte er und lachte, wenn sie Worte falsch aussprach. Sie lachte nicht, wenn er »morgen«, »nächste Woche«, »nächstes Jahr« sagte. Immer gab es einen Geburtstag, einen Feiertag, eine Wahl. Ein neues Buch. Es konnte nicht anders sein, das wusste sie ja. In seiner Position.

Vielleicht redete sie gar nicht von Salat.

Wie gesagt, sie wusste es ja.

Künstler müssen an ihre Kunst denken, ehe sie an andere Menschen denken, schreibt er.

Der Schnee segelt langsamer. Die Flocken sind größer geworden, spärlicher. Einzelnen folgt er mit den Augen, richtet den Blick wieder auf das Manuskript. Überfliegt einige Kapitel. Findet nicht, was er sucht, stolpert aber über etwas anderes. Es steht auf Seite dreihundertelf:

»Was andere einem antun, kann man überleben. Nicht, was man selber anderen antut. Als ich da sein sollte, war ich nicht da. Ich schlief. Er wurde mit Keulen erschlagen.«

Warum kommt ihm das bekannt vor?

Ich schlief. Er wurde mit Keulen totgeschlagen. Was andere einem antun, kann man überleben. Aber nicht, was man anderen antut.

Die Zeitungen. Er sucht ihren Namen. Achttausendsiebenhundertvierzehn Möglichkeiten. In der virtuellen Welt ist selbst ein mathematischer Dichter eine Berühmtheit. Er gibt andere Wörter ein. Noch fünf Seiten. Er nimmt den ersten Eintrag, einen Artikel, den sie geschrieben hat. Sechs Monate nach ihrer Rückkehr aus Morenzao.

Den Satz mit den Keulen findet er in dem Artikel nicht. Aber etwas anderes. Sie erwähnt es wie den Überfall, das ist alles. In dem Zusammenhang schreibt sie: »Ich schlief. Als ich da sein sollte, war ich nicht da. Was andere einem antun, kann man überleben. Nicht, was man selber anderen antut.«

Er erinnert sich an etwas anderes.

Es regnete, und er wandte sich vom Fenster ab. Er setzte sich an den Tisch und schenkte sich Portwein aus der offenen Flasche ein. Petra Vinter war dabei zu erzählen und fuhr fort, als hätte sie nicht bemerkt, dass er sich setzte:

»Ich dachte nicht, es würde etwas passieren. Ich war so erschöpft, ich musste nach Hause und mich schlafen legen. Sie sagten, sie hätten jemand anderen gefunden, ich könne nach Hause gehen, kein Problem. Ich wusste, dass es keinen anderen gab, der gut genug Portugiesisch sprach, dass schnell etwas schiefgehen konnte. Aber ich war zu müde. Sie sagten, sie würden mich über Funk rufen … Ich hätte die Stühle zusammenstellen und im Büro schlafen sollen. Das hatte ich schon öfter gemacht. Ich hatte wochenlang kaum ein Auge zugetan. Ich ging nach Hause und ins Bett und habe keinen Funk gehört. Ich schlief. Er wurde mit Keulen erschlagen.«

Sie hatte lange dagesessen und in die Luft gestarrt, dann sagte sie noch:

»Was andere einem antun, kann man überleben. Nicht, was man selber anderen antut.«

Das hörte sich alles so hochtrabend an, was sie da erzählte, dass er kaum hinhörte. Er bot den anderen, die die Flasche nicht zu beachten schienen, etwas Porto an, schenkte sich noch ein Glas ein und wechselte das Thema. Er erinnert sich nur deshalb daran, weil es so hochtrabend war. Obwohl »hochtrabend« es nicht ganz trifft. Selbstbeweihräuchernd auch nicht. Dramatisch, nein, allzu engagiert, allzu ernst, heilig, allzu irgendwas jedenfalls. Als hätte sie an einer Welt, einem Leben teil und wir nicht. Was für ein Unsinn! Als nähme sie das Leben ernster, irgendwie.

Ihr versteht nichts in diesem Land.

Sind nicht alle Länder so?

Was andere einem antun, kann man überleben. Nicht, was man selber anderen antut.

Was ist denn los mit dieser Aussage?

Wenn es nun wahr ist, wenn die Geschichte wahr ist, wie sollte sie sie dann erzählen?

Vielleicht sind wir bloß nicht daran gewöhnt, wie Leben und Tod erzählt werden, dass es sich so er weiß nicht wie anhört, er hat kein Wort dafür.

Oder misst sie das Leben an einem Standard, einem Bezugsrahmen, der ihm fremd ist, aber nicht fremd sein sollte?

Ist es das?

Als stünde sie außerhalb einer Glasglocke, die ihn einschließt?

Und du selbst hast dich dafür entschieden, dass sie dich einschließt!

Schweig!

Zitter, zitter: Der Schnee flutet still über Feld und Weg.

Er hält sich die Ohren zu, steht auf, tritt nach dem Tischbein, ertappt sich dabei, schüttelt den Kopf und zwingt sich wieder auf den Stuhl.

Es handelt sich um Literatur!

In der wirklichen Welt hat der Künstler anderen Menschen gegenüber eine Verantwortung. Nicht in der Ausübung seiner Kunst.

Was haben sie ihr angetan?
Wer sind sie gewesen?

Er ist in keiner Glasglocke eingeschlossen!

Somit vollzieht es sich in der Begegnung der Kunst mit der Welt der Wirklichkeit, dass der Künstler seine Verantwortung auf sich nehmen muss, schreibt er. *Denn in der Welt der Wirklichkeit haben wir allesamt eine Verantwortung. Jeder von uns hat Verantwortung für sich selbst und seine eigenen Handlungen. In diesem Licht muss unser Leben gemessen werden, deshalb müssen wir auch in diesem Licht unsere Wahl treffen.*
Dies gilt für Künstler wie für alle anderen.
Auch für Literaturvermittler.
Auch für Verleger.

Er schaut auf das Manuskript.

Schmutziges afrikanisches Parkett und Geckos an der Decke.

Ein Stückchen Ohr.

Langsam lässt er die Seiten ein paarmal durch die Hände gleiten. Dann schmettert er den Stapel fest auf die Tischkante. Streicht die Notiz auf dem blauen Zettel durch und schreibt stattdessen:

»Kann in dieser Form nicht erscheinen!«

Legt Zettel und Manuskript in den Postausgang und macht sich wieder an die Rede.

XII

Was andere uns antun, ist keine Entschuldigung für das, was wir anderen antun. Man hat nur seinen eigenen Standard, seine eigenen Taten, an denen man sein Leben messen kann. In der Welt der Kunst heißt das, dass das Leben anderer Menschen niemals preisgegeben werden sollte. Nicht einmal aus Rache.

Er zögert, ist sich nicht ganz sicher, wohin ihn der Gedanke führen wird, fährt langsam fort:

Dabei kommt dies vor und ist immer vorgekommen. Auch in unseren großen klassischen Werken. Selbst Dante versetzte seine politischen Feinde leicht erkennbar in den Neunten Kreis der Hölle.

Er lehnt sich zurück. Was wäre die italienische Literatur ohne Dante? Was die italienische Sprache? Auch Shakespeare benutzte die Wirklichkeit, um seine Dramen zu schaffen. Aber das war die öffentliche, die historische Wirklichkeit. Und was ist mit Proust? Ist er nicht die Inkarnation der als Poesie wiedergegebenen Wirklichkeit (auch wenn es andere Prosa nennen)? Was ist mit Tolstoi,

Dostojewski, Puschkin? Wo haben die ihre Geschichten gefunden? Und Balzac, auch er spielte die ganze Zeit mit der Wirklichkeit. Und ich wüsste zu gern, ob nicht sogar Don Quichotte nach dem Vorbild eines wirklichen Toren modelliert wurde.

Nach diesem Maßstab kann Kunst nicht ethisch beurteilt werden, schreibt er.

Er denkt an Hans Christian Andersen, der seine Märchen nach der Wirklichkeit dichtete. An Tove Ditlevsen, die über ihr Leben schrieb ohne Rücksicht darauf, dass sie damit auch all die Leben schilderte, die in ihr eigenes involviert waren. Und schön darüber schrieb.

Er reißt den Notizzettel vom Manuskript, knüllt ihn zusammen und wirft ihn weg. Schaut auf das Bild seiner Frau und hat Lust, es auch wegzuwerfen.

Die Uhr zeigt zwanzig zweiundvierzig. Mit etwas gutem Willen kann er immer noch ankommen, bevor der Nachschlag zum Hauptgang angeboten wird.

In der Welt der Kunst gelten andere Regeln.

»Der Überfall?«

»Ja, was ist damit?«

»Sie wissen nicht, dass ich sie erkannt habe … Auch wenn ich nicht von der UNO gefragt werde, wird es in der Presse verwendet. Wenn dieses Buch jemals gelesen wird von …« Sie hebt die Hand an ihr Schlüsselbein.

»Das ist doch Fiktion, das Ganze.«

»Sicher?«

Es wird politisch verwendet werden.

Im letzten Punkt hat sie möglicherweise recht, aber sie sagte es nicht. Sie sagte auch das Erstere nicht. Er dachte, wenn sie das bloß gesagt hätte, könnte er sich vielleicht, er betont das »vielleicht«, gegen eine Veröffentlichung des Manuskripts entscheiden. In seiner jetzigen Form. Man könnte es vielleicht überarbeiten, die schlimmsten Stellen streichen.

Wie sie es darstellt, müsste allein sie dafür geradestehen.

Das reicht nicht.

Die Frage ist, welche Regeln gelten in der Kunst?

Er löscht den Satz wieder. Ihr wird schon nichts passieren. Schreibt stattdessen:

Zu fragen, welche Regeln in der Kunst gelten, ist sinnlos. Die Frage ist vielmehr, ob es überhaupt Regeln gibt? Ob es Regeln geben sollte. Oder ob es sich nicht eher so verhält, dass jede Regel durch ihre bloße Existenz darauf zielt, in Frage gestellt und übertreten zu werden.

In der Wirklichkeit haben wir mehr als genug Regeln, denkt er und betrachtet wieder das Bild mit seiner Frau und seiner Tochter.

Die Wirklichkeit.

Die Wirklichkeit ist hier, und die Wirklichkeit ist, dass das, was im Roman des Autors steht, Fiktion ist und als solche gelesen wird und dass Fiktion derartiges bewirkt, damit muss sie leben. Die Wirklichkeit ist, dass sich dieses Buch millionenfach verkaufen wird.

Die Wirklichkeit ist auch, dass seine Frau die Geschichte lieben wird. Das ist genau, was unsere Regierung braucht: dass man selbstverständlich die Zusammenarbeit mit der jungen Regierung Morenzaos abbrechen soll, weil sie ein so barbarisches Verhalten an den Tag gelegt hat. Zumindest bis Morenzao einwilligt, die abgewiesenen Asylbewerber aufzunehmen.

Er blättert im Manuskript, kann die Stelle aber immer noch nicht finden. Hat nur das Gefühl, es irgendwo gesehen zu haben.

»Es waren dreiundzwanzig«, berichtet sie. Als wäre die Zahl am wichtigsten. Nicht viele, nicht zwei Dutzend, nein, exakt dreiundzwanzig.

Sie hätte ihre Geschichte niemals erzählen sollen.

Niemandem.

Nie einem Autor.

Die Wirklichkeit ist, dass Petra Vinter ein Idiot ist!

XIII

Sehen Sie Gandhi. Sehen Sie Mandela.

Was macht manche Menschen größer als andere?

Dass sie ihre eigenen unmittelbaren Gefühle für das große gemeinsame Gute beiseiteschieben können?

Nein.

Dass sie es tun.

Sehen Sie Gandhi. Sehen Sie Mandela.

Er weiß nicht, warum er so denkt. Er ist kein Mandela und hat nebenbei gesagt für Selbstaufopferung nicht viel übrig. Und hat Mandela nicht auch was davon gehabt, dass er siebenundzwanzig Jahre Gefängnis schluckte? Ohne Repressalien hinterher. Und dass er sein Volk die Vergangenheit schlucken ließ? Ohne Kompensation. Er wurde Präsident!

Letzten Endes tun wir alle das, was für uns selbst am besten ist.

Tun wir das nicht?

Alle?

Sehen Sie Gandhi. Sehen Sie Mandela.

Aung San Suu Kyi. Desmond Tutu. Martin Luther King …

Seine Frau ist Integrationsministerin. Sie verkehren in diesen Kreisen. Es ist Strindbergs Falander, der in *Das rote Zimmer* sagt: *»Du weißt, jedes Glück, das dir zuteil wird, geschieht immer auf Kosten eines andern; wenn du eine Rolle bekommst, so kriegt eine andere sie nicht, und dann windet sich die wie ein getretener Wurm, und du hast etwas Böses getan, ohne es zu wollen; also selbst das Glück ist vergiftet.«*

Das ist wahr.

Und wer das Glück will, muss akzeptieren, dass es für einige andere Unglück bedeutet.

Das ist auch wahr.

Er betrachtet das Bild seiner Frau. Selbst wenn er in ihren Kreisen geboren wäre, wäre sie die richtige Frau. Er war schon damals klug. Im voraus. Er wischt mit dem Handrücken einen kleinen Fleck vom Rahmen.

Seltsam, wie Eitelkeit lange Zeit der Liebe ähneln kann.

Er greift um seinen Ring, zwängt ihn über den Knöchel und legt ihn auf den Tisch. Wo er gesessen hat, ist eine Vertiefung, und die Haut ist gleichsam weißer, jünger. Jedenfalls weicher, als wäre der Teil von ihm, der vom Ring verborgen war, nicht gealtert wie der Rest.

Seine Frau ist schön!

Was soll man auch mit der Liebe?

Lange Zeit ist nicht dasselbe wie immer.

Er steht auf und geht zum Fenster.

Der Schnee ist stärker geworden, der Wind auch, und die Flocken scheinen in alle Richtungen geweht zu werden, nur nicht nach unten. Die Liebe wird fürchterlich angepriesen. Dabei dreht sich in Wirklichkeit alles bloß um soziale Strukturen. Und dann natürlich um Sex. Aber Sex ist wie Nahrung: Man braucht ihn ab und zu. Nicht mehr und nicht weniger.

Er muss an die Fortsetzung von Falanders Rede denken: *»Dein Trost im Unglück sei, dass du mit jedem Missgeschick, in das du gerätst, eine gute Tat vollbracht hast, wenn auch ohne es zu wollen, und unsre guten Taten sind der einzige reine Genuss, den wir haben.«*

Es kommt ihm vor, als sähe er Lula in den Fußspuren mitten im Schnee, der ihr ins Gesicht peitscht, das auf die Scheibe und ihn dahinter gerichtet ist.

»Kommst du?«

Oder ist es Petra Vinter?

»Jeden Tag hat man die Wahl, von vorne anzufangen«, sagt sie.

Ihn überwältigt eine unbändige Lust auf sie.

Idiot.

XIV

Er hat noch nie die Frau in ihr gesehen.

Wieso eigentlich nicht? Sie besitzt eine merkwürdig zeitlose Schönheit. Als könnte sie aus den zwanziger ebenso wie aus den sechziger Jahren stammen. Schwarzes Haar, weiße Haut, graue Augen. Obwohl sie nicht viel älter als fünf- oder sechsunddreißig sein kann, hat sie dunkle Ringe unter den Augen, blauschwarze, und sie tut nichts, um sie zu verbergen. Schön ist sie nicht. Egal, was einige sagen. Sie ist groß und schmal. Ein Knabe in einem Frauenkörper. Oder richtiger: eine Frau in einem Knabenkörper. Aber nicht deshalb hat er sie nicht beachtet. Es sind die schmalen Lippen, sie erzählen, dass Petra Vinter eine Frau ist, der man nicht näherkommen kann. Nein. Keine Lust hat näherzukommen. Blauschwarze Ringe, die ihn sehen, der sie sieht.

Er schiebt den Ring wieder auf den Finger.

Es gibt viele andere Frauen.

Sie hat etwas unendlich Altes und gleichzeitig auffallend Junges, fast Kindliches.

Es liegt in der Natur der Kunst, dass jede Künstlergeneration versucht, die Regeln zu brechen, welche die vorhergehende Generation aufgestellt hat.

Er lügt. Er hatte Petra Vinter schon bemerkt, als er im Korridor des Verlags das erste Mal an ihr vorbeiging. Was er sah, war sie, die ihn sah.

Er berichtigt »Regeln« in »Normen«.

Die Kunst ist mithin von Natur aus grenzüberschreitend. Die Frage ist nur, welche Grenzen sie überschreitet. Manchmal sind es die der Wirklichkeit, aber manchmal sind es die Grenzen zu etwas, das wir gewöhnlich nicht zu sehen wünschen.

»Ich habe nichts zu beweisen. Die Geschichte kennt die Wahrheit«, sagt sie. »Sie wird auch deine kennen.«

Oder hat sie das gesagt? Letzteres?

Kunst entsteht aus dem Bedürfnis, etwas zu erschaffen. Nicht aus einer ethischen Überlegung. Nur das Bedürfnis ist eine Triebkraft, die groß genug ist, den Weg der eigentlichen Kunst zu gehen. Kunst entsteht in dem Abgrund zwischen dem, was wir sind, und dem, was wir gern sein wollen. Zwischen dem, was wir nach außen hin sind, und dem, was wir innerlich sind.

Wenn sie jetzt hier wäre, würde er ihr die Kleider vom Leibe reißen.

Idiot!

XV

Er war frisch verheiratet, als er zum ersten Mal untreu wurde.

Es gibt keinen Grund, es hinauszuschieben, wenn man erst eingesehen hat, dass ein Versprechen ohnehin nicht ein Leben lang halten wird. Seither wurde es eine Angewohnheit. Auch der Mangel an Wahrheit. So sind die Ehen. Wir tun es trotzdem, dafür muss es doch einen Grund geben? Er ist immer vorsichtig gewesen. Hat es meist im Ausland gemacht. Wäre es besser gewesen, zu träumen als zu wagen? Oder wäre das nicht einfach nur Heuchelei und Mangel an Mut? Er ist der Ehe treu. Er ist geblieben. Sie auch. Selbst damals mit Lula verließ er sie nicht.

Er hat seine Frau immer mit Respekt behandelt.

Mit der Zeit ist er auch im Lügen besser geworden.

Künstler betrügen genau wie alle anderen Menschen. Es ist geradezu ihr Metier zu lügen. Eine Imagination außerhalb der Wirklichkeit zu erschaffen, welche auf die eine oder andere Weise die Wirklichkeit reflektiert. Die Kunst ist ein Zerrspiegel der Wirklichkeit. Manche Spiegel ähneln ihr mehr als andere. Manche sind mit der Wirklichkeit identisch …

Mitten im Satz hält er inne. Ist ein solcher Spiegel der Wirklichkeit Kunst?

In der Fotografie wird das real Wirkliche Pressefotografie genannt, es zählt nicht zur Kunst. In der Literatur ist das, was wie die Wirklichkeit ist, Fachliteratur, Journalismus, Biografie oder Autobiografie. Wann wird etwas Kunst?

Wie viel muss der Spiegel verzerren?

Kunst ist etwas, das unter die Oberfläche dessen dringt, was wir allgemein Wirklichkeit nennen, schreibt er.

Was ist Wirklichkeit?

Vergiss die Moral. Vergiss den anderen. Was ist mit dir selber?

Was ist hinter den Lügen?

Wer ist dahinter?

Was für eine langweilige Sphäre, in der er sich hier bewegt!

Er wählt noch einmal Veras Telefonnummer, aber wieder meldet sich nur der Anrufbeantworter.

Er hat den Faden verloren. Geht zu einem früheren Absatz zurück.

Kunst entsteht in dem Abgrund zwischen dem, was wir sind, und dem, was wir gern sein wollen.

Ist deshalb die Kunst, die mit der Wirklichkeit übereinstimmt, gar keine Kunst? Einerlei, ob Fotografie, Malerei oder Literatur. Wenn sie nichts anderes tut, als die Oberfläche zu sehen, verbleibt sie dann auf unserer äußeren Seite? Hilft sie uns dann nicht, die gähnende Leere zwischen unserm Inneren und unserm Äußeren zu füllen?

Was kümmert es ihn, was Kunst ist und was nicht?

Er hat einen Verlag zu führen.

Was an sich schon eine Kunst ist!

Man kann es tun oder lassen: untreu zu sein.

Welchen Unterschied macht das? Alle denken daran. Träumen davon. Zuweilen, regelmäßig, oft. Ständig. Es zu tun, darin steckt mehr Mut, als es zu lassen.

Denken und Handeln ist nicht das Gleiche. Sagt Petra Vinter.

Aber welchen Unterschied macht es?

In manchen Situationen den ganzen. In anderen keinen. In dieser hier kommt es auf den Pakt an.

Warum einer Sache treu sein, die es nicht gibt?

Warum an etwas teilnehmen, das es nicht gibt?

Ja, was dann? Er ist hier und da und überall fremdgegangen, das tun alle. So ist das Leben.

So ist dein Leben!

Frode Jørgensen war depressiv, und depressive Menschen machen solche Sachen.

Er vergaß Vera.

Ja, da siehst du mal.

Idiot! Er hämmert auf den Tisch.

Er kann noch ihre Stimme hören: Wir entscheiden selbst, wer wir sind.

Ohne Verachtung.

Das lässt ihn außer sich geraten vor Wut.

Es ist einfach, besser zu sein, wenn man an keinen anderen als sich selbst zu denken hat! Er leitet einen Betrieb mit achtundneunzig Angestellten. Hat eine Familie. Eine Verwaltung und Aktionäre, an die er denken muss. Wieder schaut er auf die Uhr. Einundzwanzig sechzehn. Er ruft nicht an. Welchen Entschluss würde er fassen, wenn es nicht …?

Und was ist mit seiner Frau?

Er weiß es doch, nicht wahr?

Das denkt er, ohne es zu Ende zu denken, als er aufsteht und zum Fenster geht und auf den Schnee schaut, der Petra Vinters Fußspuren langsam füllt.

XVI

Der Künstler hat in erster Linie eine Verantwortung seiner eigenen Kunst gegenüber. Ihr unter ihren eigenen Prämissen gerecht zu werden. Das Bestmögliche zu tun. Gute Kunst darf keine Rücksicht nehmen, und deshalb darf die Kunst auch nicht ethisch sein. Sie kann die Welt nicht besser machen wollen, denn allein die Tatsache, ein solches Ziel zu haben, entzieht ihr die Möglichkeit, Kunst zu sein.

Es stimmt nicht, dass man Petra Vinter nicht nahekommen kann. Man kann Petra Vinter ebenso nahekommen wie sich selbst.

Wo, verdammt, kommt das nun wieder her?

Trotzdem macht Kunst die Welt …

Übrigens will er Petra Vinter nicht näherkommen. So ein Unsinn.

Er muss diese Sache mit dem Abgrund noch einmal aufnehmen. Oder dem Spiegel. Brauchen wir einen Zerrspiegel, um uns daran zu erinnern, wer wir sind? Einen Spiegel, der uns mehr zeigt als nur die Wirklichkeit, da die Wirklichkeit in Wirklichkeit nicht wir sind.

Ist es so?

Es war nicht im Büro des Lektors, sondern in Helsingør. Feuer im Kamin, schwarze Ledersofas und ein niedriger Glastisch. Es war Abend, und der Regen schlug an die Scheiben. Eine Hotelbar.

Gar nicht wert, dran zu denken.

»Das eine Leid rechtfertigt nicht das andere.«

Ein skandinavisches Literaturseminar.

Das hat sie gesagt. Aber erst zum Schluss. Oder? Nach der Erzählung. Nach dem Mord an dem Wahlbeobachter. Der Entlassung, die sie nicht akzeptieren wollte. Dem Überfall. Der Erzählung von dem Überfall.

Aber sie war entkommen. So hat er es in Erinnerung.

Sie standen auf.

Nein, er stand auf, die anderen blieben sitzen. Dann setzte er sich auch.

»Sie haben meinen Wächter totgetreten. Die Straße war schmal und der Abend finster. Es war direkt vor meinem Haus. Ich rief um Hilfe, als sie mich umringten, aber keiner kam.«

Natürlich.

So ist die Welt.

Denk daran, Petra Vinter: Es gibt Situationen, in die man sich nicht selber bringen sollte.

Sie war entkommen, so hat er es in Erinnerung. Irgendwie waren die Männer betrunken, und deshalb gelang es ihr, sie zu verwirren, als sie sie ins Haus zurückdrängen wollten. Sie wurde geschlagen, aber irgendwann gelang es ihr, ins Auto zu kommen, auf der Beifahrerseite. Viele Schläge. Versperrte die Tür, rutschte auf den Fahrersitz und fuhr blutüberströmt los; die Fäuste der Männer trommelten auf Kotflügel und Fenster.

Sie habe sie nicht gekannt, sagte sie.

Als ob es nie passiert wäre, erzählte sie.

Dreiundzwanzig?

Im Buch entkommt sie nicht. Im Buch vergewaltigen sie sie der Reihe nach, auf dem Wohnzimmerboden. Jetzt hat er es gefunden. Nach drei Vierteln des Buches, Kapitel fünfzehn. Jubelnde Zurufe und Kronleuchter an der Decke. Aber so steht es nicht da. Er weiß nicht, warum, aber er glaubt, so würde sie es erzählen. Im Buch sind ihre fehlenden Worte ergänzt.

Wer hat das Recht, eine Geschichte zu schreiben?

Petra Vinters Geschichte?

XVII

Sie hat sie auch aufgeschrieben. Hat ihr Lektor erzählt. Ganz bestimmt in seinem Büro. Vor ein paar Monaten. Der Lektor stand vor ihm und sagte, Petra Vinter habe ein Manuskript abgeliefert, in dem sie etwas schilderte, was sie selbst erlebt hatte. In Morenzao.

Einen Überfall?

»Ganz anders als ihre normalen, nicht zu entschlüsselnden Gedichtbände.«

Petra Vinter ist Frau wie eine Frau.

Das hat der Lektor nicht gesagt.

Er schaut auf den Bildschirm.

Trotzdem macht Kunst die Welt, ich möchte nicht sagen besser, aber lebenswerter, lautet der letzte Satz.

Er hat Lust, den Rechner auszumachen und nach Hause zu fahren. Nach Hause und bei Petra Vinter zu schlafen. Lula. Was geht eigentlich in seinem Hirn vor, verdammt noch mal? Lula ist vergessen. Und er will nicht nach Hause zu Petra Vinter, er will Petra Vinter gar nicht sehen, weder bei ihr zu Hause noch hier im Büro noch sonstwo. Er will mit Petra Vinter nichts zu tun haben, und sobald er mit dieser verfluchten Rede fertig ist, wird er auch mit ihr fertig sein. Wird ihr keinen Gedanken mehr widmen.

Er steht auf und geht zum Fenster. Zieht die Gardine zur Seite.

In dem Ordner mit den beiden Fotos und der Zeugenerklärung hatten auch einige zusammengeheftete Notizen, ein fettiger, maschinengeschriebener Polizeibericht auf Portugiesisch und die handgeschriebene Rechnung eines Krankenhauses in Johannesburg gelegen.

Sie sieht ihn ausdruckslos an. Unterhalb des Verbands ist das eine Ohr geschwollen und blau und mit einigen Stichen genäht, wo das Ohrläppchen sein müsste. Auf dem Foto im Krankenhausbett. Auf dem anderen ist ihr Ohr heil. Das fällt ihm plötzlich ein.

Ein feuchter, stürmischer Abend. Kein Regen. Nur der wütende Wind in den Fensterfugen. Und ein Stimmengewirr aus Petra Vinters Wohnzimmer.

Er hatte die Bilder in den Plastikordner zurückgelegt und war wieder zu den anderen gegangen.

Wie kann Kunst die Welt lebenswerter machen, wenn sie nicht das Ziel haben darf, die Welt lebenswerter zu machen?

XVIII

Was ist mit politischer Kunst? Hat sie kein Ziel?
Protestsongs? Bob Dylan? Leonard Cohen?
Oder verhält es sich mit der Literatur anders?

Er wählt Veras Nummer noch einmal. Wieder nur der Anrufbeantworter. Er hört der automatischen Ansage nur halb zu und legt auf.

Auch Dante war politisch. Dickens, Woolf. Aber in erster Linie waren sie etwas anderes. Ist das der Unterschied? Das Ausleuchten des Menschen und des Daseins unter bestimmten Bedingungen, das eigentliche Ausleuchten. Hinter der Vorstellung?

Das Wahre, würde Lula sagen.

Petra Vinter?

Das ist ein Nebengleis.

Als er seine Frau kennenlernte, hatte er eben als Lektor angefangen. In einem anderen Verlag. Sie waren beide fünfundzwanzig. Sie war schön, aber das war nicht der Grund, warum er sie reizvoll fand. Schon damals mischte sie in der Politik mit. Obwohl ihr Vater den Loke-Konzern besaß, hatte sie für ihr Buch *Visionen für das Land* den kleinen unabhängigen Verlag gewählt, in dem er damals angestellt war.

Es war keine Kunst und gab sich auch nicht als solche aus. Es war ein gutes Buch!

Es ist sechsundzwanzig Jahre her.

Damals hätte sie gesagt, er solle das Manuskript des Autors nicht veröffentlichen. Heute würde sie sagen, er sei ein Trottel, wenn er auch nur zweimal darüber nachdenken würde. Ist sie ein anderer Mensch geworden? Oder sie alle beide?

Auch er hätte es damals abgelehnt, ein Manuskript zu veröffentlichen, dessen Geschichte von einem anderen gestohlen war.

Und heute?

Ist es nur, weil er mehr weiß, weniger naiv ist? Klüger? Weil er heute weiß, dass die Welt so ist, dass die Kunst so ist?

Künstler stehlen von ihrer Umwelt und voneinander.

Auch Schriftsteller.

So wie der Mensch nicht entweder gut oder böse ist, sondern beides, muss die Kunst sowohl gut als auch böse sein, gerade weil sie alles Menschliche spiegeln soll. Sie soll uns zeigen, wie wir sind, nicht, wie wir sein sollten.

Die Töne eines Saxophons und eine Frauenstimme erklingen immer lauter. Er kann sich nicht erinnern, was das für ein Lied ist. Er hat es oft gehört. Es ist eines von denen, die er nicht mehr hören kann. Er weiß nicht, warum. Es gefällt ihm. Es kommt aus dem Gebäude gegenüber. Jemand hat das Fenster aufgemacht, und die Gardinen flattern heftig im Wind.

Er öffnet sein eigenes Fenster, lehnt sich hinaus. Ignoriert die Flocken, die ihm entgegenwirbeln. Jetzt hört er deutlich die Worte. Er wünscht, es würde ewig dauern, aber der Schnee weht drüben durchs offene Fenster, und er weiß, es wird nicht lange offen bleiben.

Ohne einen Laut hervorzubringen, formt er die Worte Lisa Ekdahls mit den Lippen:

»Ich sah einen Mann ins Wasser waten
Und ich fragte, wohin er denn will.
Er sagte: Wohin mich meine Beine tragen
So schwer wird's schon nicht sein.
Er sprach vom Himmel, er sprach vom Meer
Er wählte die abgedroschensten Worte
Doch auf seinen Lippen wurden die Wörter lebendig.

Ja, plötzlich, so schien mir, verstand ich:
Viele sind wir, die vom Meere sprechen
doch wenige haben das Meer im Blick.
Ich traf einst einen Mann mit solchen Augen,
doch niemand, den ich fragte, weiß, wohin er ging.
Und viele sind wir, die …«

Wenn sie hier wäre, würde er sie umarmen, ihr das Knabenhafte austreiben, ihr Kleid aufknöpfen und sie behutsam ausziehen.

Idiot?

XIX

Er zittert vor Kälte. Die Töne sind weg, das Fenster gegenüber wurde längst geschlossen, und seine Hemdärmel sind vom Schnee durchweicht. Er wirft das Fenster zu. Schüttelt die losen Flocken von den Ärmeln und geht ins Bad, um sich Gesicht und Hände abzutrocknen. Setzt sich wieder.

Rechts von seinem Arm und dem grünen Ledereinsatz ist der Lack auf dem Schreibtisch matt und abgenutzt. Das ist ihm noch nie aufgefallen. Er fährt mit der Hand über die Kirschholzkante. Der glatte Widerstand ist wie eine Haut, und er entdeckt, dass sich die Härchen auf seinem Arm aufstellen. Wie sich Petra Vinter wohl anfü…?

Wie kommt er denn auf so was?

Petra Vinter ist ihm total egal!

Er muss müde sein. Vera hat er übrigens schon lange nicht mehr gesehen.

Er schaut auf die Rede, hält wieder bei dem Satz inne:

Trotzdem macht Kunst die Welt, ich möchte nicht sagen besser, aber lebenswerter.

Wieso eigentlich?

Reicht die Natur nicht, die technischen und wissenschaftlichen Errungenschaften des Menschen? Oder brauchen wir die Kunst, gerade weil wir die Natur hinter uns gelassen haben?

Wir brauchen die Kunst, um Menschen sein zu können, schreibt er zögernd.

Aber wieso eigentlich? Wieso brauchen Katzen, Affen, Elefanten die Kunst nicht? Ist dieser Abgrund entstanden, damals, als unser Gehirn so viele Windungen bekam, dass wir lernten, aus uns selbst herauszutreten, damals, als wir von dem Apfel aßen und aus dem Paradies vertrieben wurden? Der Abgrund zwischen dem, der wir sind, und dem, der wir zu sein uns vorstellen. Ist es, weil wir in einer Vorstellungswelt leben, dass wir die Kunst brauchen, um uns durch eine weitere Vorstellung aus unserer Vorstellung von uns selbst herauszutricksen und dadurch ein Gefühl unseres eigentlichen Selbst zu bekommen?

Ist das Paradies der tierische Zustand, sich des eigenen Seins nicht bewusst zu sein?

Was ist das Besondere am Menschsein, das die Kunst notwendig macht?

Was heißt es überhaupt, ein Mensch zu sein?

Er nimmt die Brille ab und reibt sich den Nasenrücken. Hat die Augen geschlossen und das Gesicht in die Hände gestützt und versucht, klar zu denken.

Die Frage ist zu groß.

Natürlich ist sie zu groß. Aber warum taucht sie auf, wenn er hier über ganz andere Sachen schreibt? Über Ethik und Kunst? Taucht sie auf, weil alles, was er dazu zu sagen hat, auf Annahmen über Ethik und Kunst beruht, die wiederum auf Annahmen darüber beruhen, was der Mensch ist, denn ohne Mensch keine Kunst, keine Ethik, und bevor er weiß, was diese Annahmen sind, bevor er weiß, ob er mit ihnen einverstanden ist, wird alles, was er über Kunst und Ethik schreibt, nichts anderes sein, als Kartenhäuser auf anderen Kartenhäusern zu bauen, von denen er nicht weiß, ob sie halten. Er öffnet die Augen.

Was würde Lula dazu sagen?

Du kannst schmecken, was wahr ist.

Und Petra Vinter?

Du weißt es genau.

Was würde seine Frau sagen?

Sieh zu, dass du deine Rede fertig kriegst!

Er löscht den Satz. Schreibt stattdessen:

Was tut die Kunst? Mit uns? Für uns? Tut sie überhaupt etwas? Muss sie etwas tun?

Und fährt mit einer Antwort fort, die, wie er nur allzu gut weiß, nichts Halbes und nichts Ganzes ist:

Wir brauchen die Kunst, um uns daran zu erinnern, was es heißt, ein Mensch zu sein. Um uns eine Perspektive zu geben.

»Es waren dreiundzwanzig«, hatte Petra Vinter gesagt. »Der Weg war dunkel, es war ein kleiner, schmaler Weg mit schmalen Reihenhäusern auf der einen Seite und einer afrikanischen Baustelle auf der andern. Meine Freundin fuhr wenige Minuten vor mir weg, zwei, höchstens drei. Ich musste nur noch den letzten Koffer holen und die Tür abschließen. Ich hatte ihr das Funkgerät gegeben, weil sie dort allein schlafen musste. Sie umzingelten mich am Auto. Es gab ein seltsames dumpfes Geräusch, als sie meinen Wächter tottraten.«

Der Regen, der an die Scheibe trommelt. Der Portwein, der vom Armagnac abgelöst wurde. Die graue Feuersglut, mit der ein Geruch nach alter Farbe aufflammt, von dem Holz, das der Barkeeper aufgelegt haben muss.

An die Geckos erinnert er sich zuerst, an lackierte Holzböden und Geckos an der Decke.

»Mit Geckos kann man rechnen«, sagte sie. »Wenn drei an der Decke krabbeln und zwei an der rechten Wand, wie viele sind das im Ganzen, wenn an der linken Wand einer ist und wir diejenigen, die wir an der Decke sehen, verdoppeln?«

Der Barkeeper kam und ging wieder.

Warum hat er ihr Manuskript nie zu lesen bekommen?

Er weiß schon, er hat nicht darum gebeten. Er sieht sich nur die Sachen an, die problematisch sind, oder das, was er ausdrücklich zu lesen wünscht. Heutzutage liest er nicht mehr viel. Von dem, was sie veröffentlichen. Auch nicht von dem, was die anderen veröffentlichen.

Aber ihre Gedichtbände müssen doch da sein?

Er steht wieder auf und geht zu dem Bücherregal an der hinteren Wand. Der Boden unter dem Auslegeteppich knirscht. Es ist kein Knirschen der Zeit, die vergangen ist. Es ist das Knirschen getrockneten Betons und zusammengepresster Späne. Einer plötzlichen Eingebung folgend, zieht er Schuhe und Socken aus. Es hilft nichts.

»Es ist nicht wahr«, wie Lula sagen würde.

Was würde Petra Vinter sagen?

Er sieht sich im Büro um. Fast überall stehen Bücherregale. Zwischen den Fenstern ist die Mauer nackt. Die Backsteine sind freigelegt und weiß gekalkt, wie die Architekten es in diesen Jahren wollen. Er legt beide Hände mit der Handfläche auf die Backsteine, atmet tief ein. Lässt dann die Linke auf und nieder gleiten, merkt, dass die rauhe Wand ihm leicht die Haut aufritzt.

Er lässt die Hand schneller rutschen.

Wendet sie und reibt drauflos.

XX

Wie die Musik kann die Literatur uns aus unseren täglichen Strukturen herausziehen und zu unserer eigentlichen Menschlichkeit zurückbringen. Dem Gefühl davon, was es heißt zu existieren. Der Essenz des Seins.

Er schiebt die Tastatur von sich weg, läuft ins Badezimmer und holt ein Pflaster, das er sich auf den blutenden Knöchel klebt. Zwei andere Knöchel sind ganz rot, aber sie bluten nicht, die lässt er, wie sie sind.

Er wird von seinem eigenen Spiegelbild über dem Waschbecken gefangen genommen. Irgendetwas an ihm hat sich verändert. Er kann nicht sagen, was, aber ihm ist deshalb unbehaglich zumute. Er ist ein starker Mann, charakterstark, was immer zu sehen ist: an seinem kräftigen, zurückgekämmten Haar, an seinen etwas korpulenten, aber noch immer scharfen Zügen, an seinem klaren blauen, er weiß, manche sagen: seinem unbarmherzigen Blick.

Er geht zum Schreibtisch zurück und wischt mit einer Serviette die Blutflecke von dem grünen Leder. Geht hinaus und sieht noch einmal in den Spiegel.

Sein Blick hat sich verändert. Als wäre ein Filter weggenommen worden und er sähe unmittelbar in sich hinein. Er betrachtet sich mit Petra Vinters Blick, dreht sich dann jäh um und geht mit festen Schritten in sein Büro zurück.

Er zieht Strümpfe und Schuhe an, bindet sorgfältig die Schnürsenkel. Rollt seine Ärmel hinunter und schließt die Manschettenknöpfe.

Die Kunst, die das vermag, kann nicht ethisch an sich sein, fährt er fort. *Denn das wäre Eitelkeit, und es ist eben die Eitelkeit, die den Abgrund in uns entstehen lässt, den Wunsch zu …*

Er hat viele Frauen gekannt. Schöne Frauen. Gut gekannt. So ist das Leben. Seine Frau ist Politikerin. Lulas Haut war weich wie der Bauch eines Kätzchens. Er hat sich nie in etwas verwickeln lassen. Passion ist Idiotie. Eine gute Politikerin, wie er immer sagt. Er ist mit dem richtigen Namen verheiratet. Sie ist die Macht, er ist der Intellekt. Das ist furchtbar trivial. Es macht das Leben einfacher. Besonders am Anfang. Er hat sich nie in etwas verwickeln lassen. Lulas Haut war weich wie ein Hamsterbauch. Sie sollte das auch nicht tun. Die richtigen Freunde überall.

Es gibt Dinge, an denen man festhalten soll.

Dreiundzwanzig.

Irgendetwas an dieser Zahl stört ihn weiterhin. Er greift nach dem Manuskript und schlägt es kurz vor dem letzten Viertel auf.

Eine Horde von Gewalttätern, zählt man die?

Es muss irgendwo gegen Ende sein. Er liest einen Satz, eine Seite, will das Manuskript weglegen. Dergleichen stört ihn normalerweise nicht, aber plötzlich kann er die Worte nicht mehr ertragen. Als ob etwas fehlte. Wie Kleidung, in der kein Mensch steckt. Er zwingt sich weiterzulesen, aber seine Gedanken schweifen von den Sätzen ab.

Es ist wichtig, die richtigen Freunde zu haben. Er kann keinen einzigen von ihnen ausstehen. Hat er nie gekonnt. Darauf kommt es nicht an. Mit den Dingen ist es genauso. Überall die richtigen Dinge.

Plötzlich meint er zu wissen, was mit dem Manuskript nicht stimmt. Es ist zu spüren, dass die Geschichte, der Gedanke eine Kopie ist. Der Autor will voran. Und das merkt man. Sogar die Sprache ist eine Kopie. Nicht von Petra Vinters Sprache, sondern der Sprache des alltäglichen Journalismus. Die Kopie der Kopie der Kopie.

Genau deswegen werden die Rezensenten Feuer fangen.

Er lächelt.

Die Erkennbarkeit.

Kopien lieben Kopien.

Er greift nach dem Aschenbecher an der Ecke des Schreibtischs, hebt ihn hoch und zielt auf die gegenüberliegende Wand. Was ist aus Lula geworden? Er ist schwer, aus dickem gewundenem Glas, von 1870. Ein Geschenk seines Schwiegervaters, als er den Job bekam.

Alles hat einen Preis.

Er führt ein gutes Leben. Mehr als das. Wer möchte nicht in seiner Haut stecken?

Alles hat seinen Preis.

Ein Stück vom Ohr.

Alles hat seinen Preis!

Er stellt den Aschenbecher wieder auf den Tisch und drückt auf den Lautsprecherknopf des Telefons.

»Vera, ich muss morgen nach Wien. Bin gegen neunzehn Uhr wieder im Lande. Wenn du zu Hause bist, gucke ich auf dem Weg mal vorbei, ja?«

Der Anrufbeantworter stößt seinen Heulton aus, er legt auf.

Der Autor hat ein hervorragendes Buch geschrieben.

XXI

Ein Fußgängerüberweg und drei Menschen. Frauen. Mädchen. Zwei schlugen auf die dritte ein. Die dritte stürzte. Sie traten auf sie ein. Dann sah er nichts mehr. Die Ampel schaltete auf Grün. Es war vor der Zeit der Mobiltelefone. Die eine sprang auf den Kopf der am Boden Liegenden.

Der Christianshavns Torv ist mit Steinen gepflastert.

Man hat keine Verantwortung für andere Menschen. Wer weiß, was sie getan hatte. Wenn sie gestorben wäre, hätte es in der Zeitung gestanden. Es stand nirgendwo. Und obwohl er die Zeitungen damals nicht sehr gründlich las, hätte er davon gehört. Oder?

Warum jetzt daran denken? Es ist so lange her. Man kann für andere Menschen keine Verantwortung übernehmen. Was die Leute einander antun, geht andere Leute nichts an. Ihr Haar war blond, fast weiß. Leute, die man nicht kennt. Offenkundig gebleicht. Man kann nicht die ganze Welt retten. Wenn man sich vorstellt, was die Leute so alles anstellen. Der Schmutz auf den Pflastersteinen vermischte sich mit dem Blut. Wenn er an jenem Abend nicht genau zu dem Zeitpunkt auf dem Platz vorbeigekommen wäre, hätte er von dem Vorfall nichts geahnt. Wenn die Ampel nicht auf Rot gesprungen wäre. Oder war es umgekehrt, das Blut vermischte sich mit dem Haar und dem Schmutz auf den Pflastersteinen? Man sieht nicht viel, wenn man fährt. Man kann nicht die ganze Welt retten, man muss sich selber retten. Schmutzige, blaugraue Pflastersteine.

Warum hielt er nicht an der nächsten Telefonzelle und rief die Polizei? Warum rief er sie nicht, als er zu Hause war?

Die Frau damals hieß nicht Vera. Trotzdem war das nicht der Grund. Er war nur zwei, drei Stunden auf dem Heimweg bei ihr gewesen. Es war auch nicht Lula. Er hätte problemlos sagen können, dass er gerade aus dem Büro komme. Es war vor der Zeit mit Lula. Es war bloß einfacher, nichts zu sagen. Nicht wahr?

Worüber denkt er hier eigentlich nach?

Ist doch nicht seine Schuld, dass sich drei Frauen die Köpfe einschlagen.

Ja, es waren zwei gegen eine.

So ist das Leben. Man muss auf sich aufpassen.

Ein Künstler hat als Mensch die gleiche Verantwortung wie alle anderen Menschen: für sein eigenes Verhalten. Das ist alles. Dafür, was er mit seinem Pinsel oder seiner Feder tut, trägt er nur Verantwortung in Bezug auf sein Talent. Es ist die Verantwor-

tung des Künstlers, sein Talent zu nutzen, damit es zu größtmöglicher Entfaltung kommt, einerlei, was es ihn kostet …

Lula. Es war das einzige Mal, dass er kurz davor stand, seine Frau zu verlassen. Er lächelt bei dem Gedanken. Natürlich hat er es nicht getan. »Kurz davor« ist auch übertrieben. Jedenfalls so wie er sich daran erinnert. Lula war alles, was man sich erträumte. Bis sie zu viel davon wurde. Es hatte keine Zukunft. Das wusste er schon, bevor sie durchdrehte und die Ehefrau anrief. Catering ist wunderbar, das heißt Speisen für Gesellschaften anzurichten, und es war doch nicht seine Schuld, dass sie falsche Erwartungen hatte. Die fehlende Scheidung. Man kann doch nicht in einem Traum leben. Wenn sie bloß den Mund gehalten hätte, dann könnte sie es heute sein und nicht Vera. Wieder lächelt er. Vera hat ihre Vorteile. Den Sohn und den Ehemann in einem anderen Land. Das ergibt seine natürlichen Grenzen. Es grenzt die Probleme ein. Lulas Haut war weich wie ein Stutenbauch.

Man kann nicht in einem Traum leben!

Petra Vinters Haut?

Er fährt fort:

… einerlei, was es ihn kostet als Mensch. Es ist die gleiche Verantwortung, die alle Menschen haben: aus ihrem Talent, ihren menschlichen Eigenschaften und Möglichkeiten das Beste zu

machen. Wenn sich der Künstler in Bezug auf die äußere Wirklichkeit klug verhalten muss, leidet darunter …

Sich klug verhalten?

Er hebt den Kopf und schaut aus dem Fenster. Es hat seit Jahren nicht mehr so heftig geschneit.

»Du bist es, dem etwas entgeht«, flüstert Petra Vinter. »Es gibt eine Wirklichkeit in der Wirklichkeit. Auf deine Art findest du sie nicht.«

Er ist immer klug gewesen. Hat sich klug verhalten.

Etwa nicht?

Frode Jørgensen wusste, was Kunst war, er wusste, was sich verkauft, und er wusste, wann sich beides deckte.

Petra Vinter ähnelt Lula.

Er muss zu der Perspektive zurückkommen.

Kunst und Perspektive.

XXII

Petra Vinter steht am Fenster.

»Der Grad der Verantwortung sinkt im Quadrat der Anzahl der Menschen, auf die sie verteilt werden kann«, sagt sie. »Somit muss eine Person allein notwendigerweise die ganze Verantwortung übernehmen, während zwei jeweils nur ein Viertel Verantwortung empfinden, drei ein Neuntel, vier ein Sechzehntel und so weiter und so fort.«

Es war ein Abend, an dem es Bindfäden regnete. Er weiß noch, wie er hinter Petra Vinter und hinter der Fensterscheibe den Regen vom Himmel herabfluten sah.

Er trank sein zweites Glas Armagnac, oder war's das dritte?

XXIII

In der Welt der Kunst gelten andere Regeln, schreibt er. *Siehe Picasso, vielleicht musste er sich als Mensch den Freunden gegenüber verantworten, von denen er sich die Ideen nahm, aber daraus lässt sich kein Urteil über seine Kunst ableiten.*

Geht also alles, wenn es nur Kunst ist? Verkaufe die uneheliche Geburt deiner Großmutter, den Liebhaber deiner Schwester, das Grauen deines Freundes? Ist es so? Gibt es überhaupt keine Grenzen?

Der Künstler hat seinen Mitmenschen gegenüber eine Verantwortung. Als Mensch. Er zögert. *Der Betrachter, der Vermittler der Kunst hat sie nicht. Kann sie nicht haben.*

Verlockend. Und was ist mit den Lampenschirmen der Nazis aus jüdischer Haut? Wenn sie ästhetisch schön waren, waren sie sicher auch Kunst. Sie waren angefertigt, der Jude war tot, könnten sie dann nicht auch in deinem Büro hängen?

Und wenn Lampen keine Kunst sind, was, wenn man aus demselben Material Skulpturen gemacht hätte?

Er löscht die beiden letzten Sätze. Flucht. Schaut auf die Uhr, zweiundzwanzig siebzehn. Es ist nicht zu spät. Er klickt sie in der Adressliste im Computer an, Petra Vinter, wählt ihre Nummer.

Wenn es eine Grenze gibt, wo verläuft sie dann?

Er legt auf, bevor der Anruf angenommen wird.

Man darf Menschen nicht töten, um Kunst zu machen. Aber wenn der Mord stattgefunden hat und ein Zeuge beschreibt ihn auf eine Weise, die künstlerischen Wert hat, soll es dann keine Kunst, keine Literatur sein? Und soll sie nicht verlegt werden?

Was aber, wenn der Zeuge bei einem Mord, der hätte verhindert werden können, nicht eingriff?

Wenn der Mörder selbst den Roman schreibt?

Wenn er den Mord nur beging, um ihn in einem Roman zu schildern, durch den er zum Autor werden konnte?

Was aber, wenn es geschehen ist?

Der Mord ist begangen. Der Verbrecher hat seine Strafe erhalten. Das Buch ist geschrieben.

Was ist, wenn der Verleger es weiß?

Wenn der Leser es weiß?

Haben sie eine Verantwortung, sollen sie das Kunstwerk meiden, um nicht mitschuldig an dem Verbrechen zu werden? Wo verläuft die Grenze?

Wenn die Kundin und Trägerin eines Pelzes für den Tod des

Tieres mitverantwortlich ist, haben Vermittler und Betrachter eines Kunstwerks dann nicht auch ihren Anteil an dem, was zu seiner Erschaffung geführt hat?

Wo verläuft die Grenze?

Er sucht nach einer Stelle im Roman des Autors, die er schon einmal gesehen zu haben meint. Es war gegen Ende, nach der Stimmenauszählung. Es war irgendwo ausführlich beschrieben. Aber war es vor oder nach Einsetzung des neuen Präsidenten von Morenzao?

Es ging um Verantwortung.

Aber waren es die gleichen Worte?

Was, wenn der Roman gut ist?

Er wählt noch einmal Petra Vinters Nummer. Legt auf, bevor am anderen Ende der Ton erklingt. Stattdessen ruft er seine Frau an.

»Hat der Vermittler die Kunst zu verantworten, die er vermittelt?«

»Wovon redest du eigentlich?«, fragt sie.

»Schau mal, der Künstler hat natürlich eine Verantwortung. Nicht als Künstler, sondern als Mensch. Dafür, wie er zu seiner Kunst kommt. Ob es eigene Ideen sind, gestohlene Ideen. Leichen im Keller, wenn du willst. Aber als Vermittler? Als Betrachter? Hat man da auch eine Verantwortung?«

»Ich finde, du solltest dich auf den Weg machen«, sagt sie. »Wir sind beim Essen. Das ist deine Verantwortung.«

Idiot.

Was ist die Verantwortung des Betrachters im Quadrat?
Des Vermittlers?

XXIV

Der Parteivorsitzende ist da. Er weiß es. Er will nicht daran denken. Es hat einige Jahre gedauert, glaubt er. Er kann nicht mehr daran denken. Er hebt den Hörer ab, um wieder Veras Nummer zu wählen, tut es dann doch nicht.

Er ist merkwürdig lustlos.

Nicht nur in Bezug auf Vera.

Zweiundzwanzig Uhr einundvierzig. Sie müssen jetzt beim Kaffee sein. Es kann nicht lange dauern, bis sie gezwungen sind heimzufahren, dann wird seine Frau zu Hause sein, wenn er kommt. Autos können bei dem Wetter nicht mehr lange fahren. Sie geht sicher gleich ins Bett. Dann kommt er in ein stilles Haus.

Er schaut zum Fenster hinüber und auf den Schnee, der nach wie vor vom Himmel strömt.

Wenn er es schafft, nach Hause zu kommen.

Er ist müde.

Er hat alles unendlich satt.

»Das Quadrat von dreiundzwanzig ist fünfhundertneunundzwanzig«, sagt Petra Vinter.

Das eine Leid rechtfertigt nicht das andere.

In der Handlung des Einzelnen liegt der Keim zu den Handlungen vieler.

Was andere einem antun, kann man überleben. Nicht, was man anderen antut.

Du hast die Wahl.

Er bettet das Gesicht in die Hände.

Sie haben auf ihn unter den Bäumen an der Ecke des offenen Bereichs gewartet, den alle damals »das Feld« nannten. Sie waren zu viert. Zwei Klassen über ihm. Seitdem hat er nicht mehr so viel Schnee fallen sehen wie heute. Es gibt eine Menge Möglichkeiten, verprügelt zu werden, eine ist, Schnee unter die Klamotten gestopft zu kriegen, in die Ohren, die Nase, den Mund und schließlich so tief im Schnee eingegraben zu werden, dass man von selber nicht mehr rauskommt. Da kam eine Frau mit einem Hund. Er schrie, sie stopften ihm nur noch mehr Schnee in den Mund. Die Frau ging mit dem Hund weiter.

Unterschlagung ist eine harte Anklage, auch wenn nie ein Beweis dafür erbracht wurde.

Frode Jørgensen verlor seine Arbeit und trank sich zu Tode.

Nicht zu reden ist kein Verbrechen.

Was würde er an Petra Vinters Stelle tun?

Den Autor bitten, die relevanten Passagen zu streichen?

Und wenn es zu viele sind?

Oder wenn der Autor nein sagt?

Den Verlag bitten, die Veröffentlichung zu unterbinden?

Und wenn der Verlag nein sagt?

Was würde er dann an Petra Vinters Stelle tun?

Was hätte er an Frode Jørgensens Stelle getan?

Das Brüllen beginnt in seinem Bauch und dringt mit dröhnendem Ungestüm aus dem Mund in derselben Sekunde, in der die erste Träne zwischen das blankgescheuerte grüne Leder und die stumpfgescheuerte Kirschholzkante des Schreibtischs tropft.

XXV

Es ist dunkel im Korridor, und alles ist still.

Er kennt diese Flure seit zwanzig Jahren, doch heute Nacht sind sie anders. Das Licht fällt merkwürdig schonungslos auf das alte freigelegte Mauerwerk, und die trockenen Schatten der Rillen und Vertiefungen scheinen nur darauf warten zu wollen, wieder mit Mörtel bedeckt und gestrichen zu werden. Er wählt die Treppe und lauscht seinen eigenen Schritten in der wunderlich bevölkerten Stille. Wo der Stahl des modernen Treppengeländers eingelassen ist, geben die alten breiten Eichenbohlen ein trockenes Knarren von sich. Seine Schritte hallen von der Eiche auf Stahl wider, und der leise hohle Ton der alten Bohlen wird zu einem dünnen metallenen Echo.

Dritter Stock, hier sitzt er. Petra Vinters Lektor.

Es ist dunkel in dem Raum, und alles ist still. Das Fenster zeigt auf den Hof, und einen Moment lang schaut er auf den herabsegelnden Schnee, der sich hier in Formen seltsam modellierwachsartiger Fahrräder, Transporter, Blumenkästen und Mülleimer verwandelt. Dann schaltet er das Licht ein und sieht nur sein Spiegelbild. Auch er ist modellierwachsartig, mindestens dreißig Kilo zu viel, denkt er noch, bevor er sich abwendet.

Eine Sammlung von Bruchstücken, hatte der Lektor gesagt. Eine seltsam zusammenhängende Sammlung von Bruchstücken.

Überall liegen Berge von Manuskripten. In drei Reihen auf dem Schreibtisch, aufgeschichtet auf den Regalbrettern dahinter, die Hälfte des Konferenztisches ist davon bedeckt, und auf dem Boden liegen weitere Stapel.

Geschrieben unter Pseudonym.

Er grübelt nach, aber da ist nichts zu machen: Er kommt nicht mehr auf den Titel.

Er lässt den Blick über die Papierstapel schweifen. Hebt einige der obersten Bündel an. Das einzige, was das eine mit Gummiband gehaltene Bündel vom nächsten unterscheidet, sind Titel und Verfassername. Und der Umfang.

Sein eigenes Büro hatte auch einmal so ausgesehen. Wie hat er damals den Überblick behalten? Ach, ja, er legte sie nach Datum ab. So ungefähr. Er wusste, wo was lag. Heute sind es die Sekretärinnen, die seine Stapel von Briefen und Tagungsberichten im Griff haben. Keine Manuskripte. Alf ist ein Ordnungsmensch. Es muss ein System geben. Er blättert ein paar Stapel durch, kein

Zweifel, die Manuskripte sind nach Alphabet geordnet. Nach den Verfassernamen. Aber das hilft ihm auch nicht, wenn Petra Vinter nicht als Petra Vinter schreibt. Er geht die drei Reihen auf dem Schreibtisch durch. Er glaubt, ihren Stil erkennen zu können, auch wenn sie zum ersten Mal Prosa schreibt. Er hat so ein merkwürdiges Gefühl, irgendetwas werde ihm verraten, dass dieses Manuskript von Petra Vinter stammt, dieses und kein anderes.

Eine seltsam zusammenhängende Sammlung von Bruchstücken.

Geschrieben rund um ein und dieselbe Tat.

Eine Tat, die nie beschrieben wird.

Ein Überfall? Eine Vergewaltigung? Dreiundzwanzig?

Er sieht alle drei Reihen durch, ohne etwas zu finden, das von Petra Vinter stammen könnte. Er geht wieder zum Fenster und schaut hinaus, obwohl es vor allem den Raum hinter ihm und die vielen Manuskriptstapel reflektiert.

Er versucht sich an etwas zu erinnern, aber er kann sich nicht einmal daran erinnern, woran er sich erinnern will.

Zu Hause bei Petra Vinter sind die Wände weiß gestrichen und die Decken vergilbt von altem Zigarettenrauch. Über Petra Vinters Schreibtisch hängt eine Pinnwand mit einer Menge Notizzettel und Fotos von Kindern, die er nicht kennt. Er kann den Lärm und die Stimmen aus dem Wohnzimmer hören. Sie übertönen Lisa Ekdahl. Es sind immer die sonderbarsten Dinge, an die man sich nicht erinnert.

Es stürmt, und es ist die Grimmigkeit des Windes, an die er sich erinnert.

Ihr Schlafzimmer liegt neben dem Bad, und die Tür war offen, und an diesem Ende des Flurs ist sonst niemand. Er zieht die oberste Schublade auf. Sie ist bis zum Rand mit beschriebenen Papieren gefüllt. Er durchwühlt sie nicht, er liest bloß die oftmals durchgestrichenen und berichtigten Namen auf dem obersten Blatt:

Andreas Witt
Otto Knees
Theodor T.
T. Theodor
Teodor Th.
Bernhard Theodor
Bernhard Theodor Mont
Bernhard Mont
Bernhard L. Mont

»Komm«, sagt eine Stimme.

Petra Vinter streckt ihm die Hand entgegen, kommentiert die offenstehende Schublade nicht, die er vor ihren Augen nicht über sich bringt zu schließen, dann tut er es doch.

Idiot.

XXVI

Lula hat braune Haare und braune Haut und braune Augen.

Petra Vinter hat schwarze Haare, weiße Haut und graue Augen.

»Wer den Preis für seine Taten nicht kennt, wird nicht klüger.«

Was ist mit Thomas Mann, hat er den Preis etwa nicht bezahlt? Für die *Buddenbrooks*? Für seine Familie?

Doch, und durch den Preis, den er bezahlen musste, wurde er klüger.

Schweig, Petra Vinter!

Wenn sich der Künstler in Bezug auf die äußere Wirklichkeit klug oder ethisch korrekt verhalten muss, leidet darunter die Tiefe seiner Kunst. Er kann nicht zum Kern des Seins vordringen, das seine Kunst uns vermitteln soll. Er bleibt außen vor, und damit kommt es zu keiner Perspektive. Er zeigt uns nur, was wir ohnehin schon wissen.

Wie lange hat es gedauert?

Er drückt auf die Lautsprechertaste und wählt seine eigene Nummer. Es ist dreiundzwanzig Uhr, und wenn seine Frau nicht bald zu Hause ist, schafft sie es auch nicht mehr. Der Wind hat sich ein wenig gelegt, aber der Schnee fällt so dicht wie nie. Auf der Nachrichtenleiste stand schon vor einer halben Stunde, dass keine Züge und Busse mehr verkehren. In der Taxizentrale lautet die automatische Antwort, alle Linien seien besetzt. Sogar auf der Sondernummer, die er hat. Krankenwagen kommen nur im Katastrophenfall. Er ist keiner.

Seine Frau nimmt nicht ab.

Er ist seltsam erleichtert. Wie bei einer Müdigkeit im Körper, die nicht überwunden werden muss.

Wie gut hast du seinen *Faustus* gelesen …?

Das Bücherregal füllt die ganze Rückwand mit Glas und Wörtern. Er geht zum Regal, findet das Buch und schlägt auf.

»Dass er so viele Liebesabenteuer hätte haben können, wie er wollte, schien ihm zu genügen, und es war, als scheute er vor jeder Bindung ans Wirkliche zurück, weil er einen Raub am Potenziellen darin sah. Das Potenzielle war seine Domäne, der unendliche Raum des Möglichen sein Königreich – darin und soweit war er wirklich ein Dichter.«

War sich Thomas Mann darüber im Klaren, dass er selbst einen faustischen Handel eingegangen ist?

Hat Petra Vinter das gemeint?

Hat Mann das gemeint?

Der Künstler kann einen faustischen Handel abschließen, mit seinem Leben als Einsatz, aber die Frage ist, ob es nicht einen höheren Preis gibt als den, welchen Faust dem Teufel bezahlen musste? Die Frage ist, ob der Preis, den die Kunst bezahlt, höher ist?

Er schlägt das Manuskript an einer zufälligen Stelle auf, Seite dreihundertsiebenundzwanzig.

Er erträgt es nicht. Als ob die Wörter seine Augen mit Ekel erfüllten. Und das ihm, der normalerweise alles Mögliche lesen kann.

Jedes Buch, das sein Publikum hat, hat seine Berechtigung.

Als ob das nicht reichte.

Was wäre, wenn er den Preis selber bezahlte und die Konsequenzen trüge?

Wo ist Lula heute?

Wo ist Petra Vinter?

Er steht auf und geht zum Fenster, Frode Jørgensen liegt nördlich der Hauptstadt begraben. Er schließt die Augen, während er die Gardine zur Seite zieht, macht die

Augen wieder auf: Die Reihe der Fußspuren ist zu einer Kette offener Muschelschalen geworden. Der Wind ist abgeflaut, so dass der Schnee senkrecht in die Schalen fällt, still und unaufhörlich.

Fünfzig Zentimeter. Mindestens.

Kein Zweifel, heute Nacht kommt er nicht mehr nach Hause.

Ist der Künstler ein kapitalistischer Ausbeuter, der die Menschen seiner Umgebung zu unwissentlichen Sklavenarbeitern für seine Schöpfungen macht? Der seine Erzählungen wie ein Blutegel aus den Lebensadern anderer saugt? Der aus dem Mehrwert, den die hart errungenen Lebenserfahrungen der Menschen seiner Umgebung geschaffen haben, seinen Profit schlägt?

Die Frage ist, ob das notwendig ist.

Was wurde aus der Phantasie?

Zum Teufel mit Petra Vinter!

Er löscht den letzten Eintrag.

XXVII

Es hat fast aufgehört zu schneien. Im Mitternachtslicht sind ihre Spuren bloß Schatten wie von einem Vogel, der zu dicht am Boden flog und den Schneeteppich mit den Flügeln berührte. Plötzlich ging ihm auf, dass Petra Vinter schmetterlingsleicht ist, aber das ist nicht wahr. Wer hat eigentlich geschrieben:

Ich bin dein streunender Gedanke
Ich bin das schwindelige Gras
Ich bin das Lachen des Wassers,
eine Stiefelspitze am Strand
Ich bin des Morgentaues Kühnheit
und des Abends Hoffnungsschleier

Ich bin die Bedingung deiner Lippen
der Schnee in deiner Seele
Ich bin alles was flieht
und alles was du kriegst.

Und so ist das Leben.

Idiot!

Wir können nicht alle wie Petra Vinter sein. Wie sähe denn dann die Welt aus?

Petra Vinter ist Flucht.

Idiot.

Petra Vinter ist ein Idiot.

XXVIII

Die Wirklichkeit ist hier. Sie liegt auf seinem Schreibtisch.

Der Roman des Autors heißt *Die Berechnung.*

Die Welt ist, wie sie ist. Man muss sich arrangieren.

Es ist Mitternacht vorbei. Wenn der Schnee wieder zunimmt, wird ihre Spur bald verschwunden sein. Wenn er so wie jetzt fällt, wird es noch bis zum Morgendämmern dauern.

Gründet nicht auch die Phantasie in gewissem Maße auf der Wirklichkeit?

Warum schreibt sie nicht einfach ein Buch über den Autor und das, was er getan hat? So einen richtig schönen altmodischen Charaktermord?

Das wurde schon gemacht. Das lässt sich wieder machen.

Er geht einige Passagen in seiner Rede zurück:

Könnte der Künstler durch die erzwungene Herausforderung seiner Vorstellungskraft seine Grenzen überschreiten und mit seiner Kunst mehr erreichen?

Ist es nicht auch unethisch, einen verheirateten Mann anzusehen, wie Petra Vinter es tut?

In ihn hineinzusehen.

Bruchstücke. Manche lang, manche nur ein paar Seiten, manche nur ein paar Sätze. Er hat den Umschlag in der Herstellung auf dem Regal für März gefunden.

Ein Vorfall, der nie beschrieben wird.

Zerstörtes Parkett und der Geruch von Salz, Tang und verfaulendem Kleinfisch.

Dreiundzwanzig.

Kann alles erzählt werden, ohne erzählt zu werden?

»Komm«, sagt sie leise, die Stiefel im Schnee eingesunken und das Gesicht auf die segelnden Flocken und ihn gerichtet.

Einmal hat er es getan.

Ist zu Lula gegangen. Zwei Jahre später. Er hatte sich entschlossen, ein anderes Leben zu führen. Die Erwartungen zu ignorieren. Keinen Tag mehr zu erleben, an dem er aufstehen und ein Gesicht aufsetzen würde, das nicht das seine war. Ein Gesicht, das mittlerweile so sehr das seine geworden war, dass er sogar schon damit schlief. Er wollte wieder derjenige sein, der er einmal war, glaubte gewesen zu sein. Wollte mit ihr zusammen sein. Ständig.

Es war zu spät.

Er klingelte an ihrer Tür, und sie machte auf. Ein Kind im Arm, und erst da fiel ihm auf, dass zwei Namen an der Tür standen.

Selbstverständlich war es zu spät.

Er ging wieder nach Hause.

Man ist genötigt, praktisch zu sein. Sich zu arrangieren.

Er legt den Umschlag beiseite und schiebt das Manuskript des Autors an den Rand des Tisches. Geht zum Sofa, zieht die Schuhe aus und faltet die Decke auseinander, bevor er das Licht löscht und sich hinlegt.

XXIX

Warum nicht?

Es gibt zwei Gründe: Menschen, die ausschließlich handeln, um sich selbst zu fördern, sind zu uninteressant, um ein Buch auszumachen. Und zweitens, und wichtiger: dann wäre ich selber nicht besser. Letzten Endes kann ich gut damit leben, was der Autor mir zugemutet hat. Das ändert nichts daran, wer ich bin.

Nur was ich selbst tue, entscheidet, wer ich bin.

Die Geißel des Autors ist, wie der Autor zu sein.

Was tust du denn, Petra Vinter? Wer bist du?

Und was ist mit mir?

Was ist meine Geißel?

Aber Petra Vinter hat sich umgedreht und entschwindet über den Schnee, ohne Spuren zu hinterlassen, die erzählen, wohin. Er wälzt sich auf die andere Seite und schläft wieder ein.

Er hat von seiner Frau geträumt. Hat davon geträumt, wie es hätte werden sollen und nicht geworden ist. Ist es sein Fehler? Ist es ihrer? Oder war alles von Anfang an falsch angelegt? Oder haben sie einfach gemeinsam einem Bild zu entsprechen versucht, das nur dazu beitrug, einander noch fremder zu werden als zu Beginn?

Gilt das nicht für alle? Ist das Leben nicht so?

Nein, Petra Vinter schüttelt den Kopf.

Wie denn dann?

Sag es! Sag es!

Du weißt es doch.

Männer sind feige. Sie wagen es nicht, ein Leben ohne eine Frau zu führen.

Frauen sind feige. Sie wagen es nicht zu sagen, dass Männer feige sind.

Er schüttelt über sich selbst den Kopf. Schlägt die Decke zur Seite und richtet sich auf. Stützt das Gesicht in die Hände. Sitzt eine Weile so da.

Die Rede! Er schaut auf die Uhr an der Wand. Die Leuchtziffern zeigen drei Uhr zweiunddreißig. Noch vier Stunden, bis er am Flughafen sein muss. Falls überhaupt geflogen wird. Er steht auf und geht zum Schreibtisch. Er ist eingeschlafen, ohne zu Hause anzurufen. Seine Frau hat auch nicht angerufen. Er überfliegt die sechs Seiten, die er ausgedruckt hatte, bevor er sich hinlegte. Schiebt sie an die Ecke des Tisches und geht ins Badezimmer.

Wie einfach es wäre auf die Art! Bloß aus dem einen Leben hinaus- und zu einem anderen weiterzugehen. Ohne jemals anzurufen oder abzurechnen. Bloß die Tür hinter sich zumachen und gehen, wohin einen die Füße tragen.

Wohin?

Als er mit einem Kaffee zurückkommt, geht es ihm besser.

Obwohl es draußen noch stockdunkel ist, zieht er die Gardinen auf. Der Anblick des Schnees, der die Straße in einem zarten Meeresblau leuchten lässt, gibt ihm ein morgendliches Gefühl.

Er weiß, er müsste die Rede binnen einer Stunde geschrieben haben. Natürlich geht er nirgendwohin. Der Schnee hat nachgelassen, bald müssen die ersten Züge fahren. Dann kann er gerade noch kurz nach Hause und unter die Dusche, bevor er wieder weg muss.

Er hat schon eine Menge Reden geschrieben, er kann das, er ist schnell. Er kann sich nicht entsinnen, warum ihn diese hier so viel Zeit gekostet hat.

Er ist vollkommen zufrieden mit seinem Leben.

Von hier sind Petra Vinters Spuren kaum sichtbar.

XXX

Was würde der Künstler leisten, wenn er seine Umgebung nicht für seine Kunst bezahlen ließe? Würde es die Kunst besser machen oder nicht?

Was für ein Humbug, wie ist er denn darauf gekommen?

Na ja, nicht schlecht, man muss das nur ein bisschen drehen, dann passt es.

Was wäre, wenn er nach Hause ginge und ihr sagte, was Sache ist: dass er ihre Freunde und Beziehungen nicht ausstehen kann, dass ihm ihre Erbstücke und Möbel und die ihrer Familie zum Hals raushängen, dass er keine Kraft mehr hat, ununterbrochen zu lügen und zu tun als ob, dass er massenhaft Frauen gehabt hat und sehr gut weiß, dass sie es weiß, und dass er ihre stillschweigende Verabredung satt hat, nämlich sein schlechtes Gewissen kontinuierlich dadurch freizukaufen, dass er ihre Reden schreibt, ihre Strategien entwirft und sie zu ihren politischen Mahlzeiten begleitet. Und ihre lang andauernde Affäre mit dem Vorsitzenden ihrer Partei akzeptiert.

Denn so ist es doch, nicht wahr?

Sagen, dass er die Vorstellung satt hat.

Die Verstellung.

Ihr.

Dass sie, wenn sie aufhörten, so zu tun als ob, vielleicht, vielleicht zwei Menschen finden würden. Zwei. Die sich nie gekannt haben. Nein, das stimmt nicht. Zwei, die sich einst gekannt haben. Zwei.

Menschen wie Petra Vinter, wollte er eben hinzufügen, verkneift es sich aber.

Idiot.

Die Frage ist, ob der Preis, den die Kunst bezahlen würde, höher wäre, wenn der Künstler nicht seine Umwelt für seine Kunst bezahlen ließe?

Die Frage ist, ob es nicht die Kunst reduzieren und uns damit alle ärmer machen würde?

Ja, so ist's gut!

Der Parteivorsitzende!

Wieso hat er nie Einwände erhoben?

Es ist ihm so was von egal!

Nein.

Etwas zu erschaffen, das den Rahmen des Bekannten sprengt, wird stets seinen Preis fordern, fährt er fort. *Grenzen zu überschreiten, wenn auch bloß die des Künstlers selbst, fordert stets seinen Preis. Nach Vollkommenheit im Ausdruck zu suchen muss notwendigerweise anderswo Kosten verursachen. Das können Vergehen sein, Ausschließungen und zuweilen aktive Übertretungen. Sogar das Zufügen von Leid.*

Was hat Petra Vinter so Besonderes, dass man sein will wie sie?

Zwei Menschen wie was? Wie sie einmal waren. Nein, wie sie hätten sein sollen. Ja, so stimmt's, wenn sie aufhörten, so zu tun als ob, würden sie vielleicht die beiden Menschen finden, die sie hätten sein sollen. Idiot! Hätte er nur ein Fitzelchen verstanden, hätte er gewusst, dass sie niemals irgendwie hätten sein sollen.

So etwas kann man nicht sagen.

Verschwendete vierundzwanzig Jahre.

Es muss mit dem Zeitpunkt zusammenhängen.

Drei Uhr achtundfünfzig.

Menschen schlafen um diese Uhrzeit.

Wer ist er, dass er seiner Frau etwas vorzuhalten hätte?

Das Quadrat von zwei ist vier, ist ein Viertel.

Machte die Hälfte, für die keiner die Verantwortung

übernahm, das Ganze zu nichts? Oder verhält es sich so mit Ehen?

Hätte es nie sein sollen?

Oder hätten sie sich vor fünfzehn Jahren trennen sollen? Auf sieben fette Jahre folgen sieben magere.

Zweiundzwanzig, dreiundzwanzig, vierundzwanzig …

Werden es nicht irgendwann zu viele?

Schweig!

Er schaut zum Fenster hinüber, es schneit nach wie vor ganz leicht. Petra Vinters Fußspuren müssen jetzt nahezu unsichtbar sein.

Er geht nicht zum Fenster, um nachzusehen.

XXXI

Was würde der Künstler leisten, wenn er seine Umwelt nicht für seine Kunst bezahlen ließe? Würde es die Kunst besser machen oder nicht?

Eine hypothetische Frage, die nicht zu beantworten ist.

Der kreative Prozess ist von seiner Interaktion mit der Umwelt abhängig. So ist es immer gewesen. Wird es immer sein. In dieser zugleich globalisierten und fragmentierten post-postmodernen Ära ist es mehr denn je so. In höherem Maße als zuvor werden die Künstler von der äußeren Welt beeinflusst, leben in zahllosen persönlichen Welten, die mehr und mehr öffentliche geworden sind, weshalb es keinen Sinn mehr hat, den Künstler von seiner Kunst zu unterscheiden.

Das Leben des Künstlers an sich ist ein Kunststück, und nur in diesem Licht kann es bewertet werden. Und so ist es in Wirklichkeit immer gewesen.

Unsinn!

Er hört schon das Echo der hohlen Worte, bevor er sie noch einmal durchliest. Was hatte sie gesagt, Petra Vinter: dass Worte nur Repräsentation sind und dass sie erst in ihrer Kombination in Fiktionen etwas mehr bedeuten können als das, was sie an sich bedeuten. Je höher die Potenz, zu der sie erhoben werden, je größer der Sinn zwischen den Zeilen, desto besser die Literatur. Die schöne Literatur. Fachliteratur soll nominal sein. Jedes Wort soll bedeuten, was es bedeutet.

Was ist dann eine Rede: Fiktion oder Wirklichkeit?

Wen soll er überzeugen?

Ist ein Glas nur ein Glas, weil sich Autor und Leser darin einig sind, dass sie sich beide ein Glas vorstellen, wenn die vier Buchstaben g-l-a-s in genau der Reihenfolge stehen, die dann Glas lautet?

Er denkt wieder an den Abgrund, der gefüllt werden muss. Den Unterschied zwischen dem, der wir sind, und dem, den zu sein wir vortäuschen. Füllt das, was zwischen den Zeilen steht, den klaffenden Abgrund in uns aus?

Aber dann müssen alle Menschen einen solchen Abgrund in sich haben, warum sollte es sonst in allen Kulturen Kunst geben? Schon die frühesten Höhlenmenschen machten ihre Wandzeichnungen. Wurden unsere Gehirne einst im Glücksrad der Evolution so groß, dass wir die Fähigkeit verloren haben zu existieren, ohne uns gleichzeitig von außen zu unserer eigenen Existenz verhalten zu müssen?

Wer Katze und niemand war. Wie Pessoa schreibt.

Er streicht den letzten Absatz.

Ihm fällt das Manuskript des Autors wieder ein, er zieht es zu sich heran. Er hat nur die ersten paar Kapitel gelesen, aber er weiß, dass es keine große Literatur ist. Leicht verkäufliches So-tun-als-ob. Wie solche Sachen eben sind. Er hat aufgehört, so zu denken. Er könnte nicht da sitzen, wo er sitzt, wenn er sich so etwas wie Geschmack erlaubte. Zu beurteilen ist Sache der Kritiker und Leser. Sein Job ist die Veröffentlichung. Herauszugeben, was die Leser wünschen. Seine Aufgabe ist es einzuschätzen, ob ein Manuskript den Erwartungen der Leser entspricht. Nein, nicht mehr. Das war einmal. Heute ist es seine Aufgabe, Leute einzustellen, die einschätzen können, ob ein Manuskript den Erwartungen der Leser entspricht.

Seine Aufgabe ist es, für die Zahlen für die Aktionäre zu sorgen. Nicht, einen Abgrund zu füllen, dessen sich die meisten nicht einmal bewusst sind.

Was ist Literatur überhaupt?

Ein Gefühl von Übelkeit überkommt ihn, er steht auf.

Es war einmal eine Zeit, da liebte er Proust. Liebte es, in die langsame Berührung von Prousts französischer Mutterverherrlichung einzutauchen, seine strömende

Endlosigkeit, eine Zeit, da er so sicher wie Petra Vinters Fußspur wusste, was gute Literatur war und was nicht, eine Zeit, da er es laut sagte. Nun denkt er es nicht einmal mehr.

Er muss ein Unternehmen leiten. Verkauf ist Verkauf. Das eine ist besser als das andere.

Was sich am meisten verkauft, ist am besten.

So ist das Leben, so ist die Welt. Wir müssen uns alle arrangieren. Anpassen. Sagte Darwin. Sagt der Aktienmarkt.

Praktisch sein.

Idioten?

Auch Proust schrieb in seinen Büchern über alle, die er kannte.

Bloßgestellte?

XXXII

Ganz unten rechts im Regal, in der Abteilung mit den Erinnerungen, steht ein Roman, *Die Malerin*. Es ist eine fiktive Nachdichtung des Lebens des berühmten Fräuleins Elsa. Geschrieben von ihrem langjährigen Freund I. O. Aus Rache, sagen bösen Zungen, weil sie ihn nie zu ihrem Geliebten gemacht hat. Jeder einzelne ihrer Liebhaber, ihrer vielen Liebhaber, wird mit entsprechend vielen identifizierbaren Details bloßgestellt, so dass jeder, der sie kannte, auch jeden von ihnen wiedererkennen musste.

Er hat das Buch in dem Jahr veröffentlicht, in dem er seinen Posten übernahm.

Es verkaufte sich in überwältigend großen Stückzahlen. Und zerstörte viele Familien.

Die Beteiligten hatten getan, was sie getan hatten.

Es war ein gutes Buch.

I. O.s brillantestes.

Ein Ehemann fuhr sich und die Kinder gegen einen Baum.

Davon handelte I.O.s nächstes Buch.

Es errang einen Haufen Preise.

Es verkaufte sich noch besser.

Schnee in der Nacht hat etwas Besonderes.

Als fiele er leiser als am Tage. Obwohl der Wind wieder etwas aufgefrischt hat. Die Flocken sind größer geworden, aber sie schwirren so dicht, dass er sie schwer voneinander unterscheiden kann.

Hier vom Fenster aus kann man die Fußspuren nur in dunklen regelmäßigen Flecken vermuten, wie Schatten unter einer Schnur mit gelöschten Lampen.

Was weiß er eigentlich von Petra Vinter?

XXXIII

In jeder menschlichen Handlung liegt der Keim zu den Handlungen vieler«, liest er auf der letzten Seite des Manuskripts.

Wo war das doch gleich? Richtig, eine Preisverleihung, ein Empfang. Ist schon länger her. Sie lehnte am Türrahmen, jetzt weiß er es wieder.

»In jeder menschlichen Handlung liegt der Keim zu den Handlungen vieler«, sagte sie.

Sie sprach mit jemand anderem. Sie stand direkt hinter ihm, er kann sich daran erinnern, weil ihm etwas in dem Satz aufgefallen war, das er behalten wollte, obwohl er nicht wusste, weshalb. Mit wem hatte sie sich unterhalten? Im letzten Jahr war es nicht, nein, denn da hielten sie ihren Empfang im Industriemuseum ab. Es war im Jahr davor. Damals sprach Petra Vinter noch mit dem Autor. Im Post- und Telegrafenmuseum.

Was bedeutet ein Satz?

Literatur, die auf der Wirklichkeit aufbaut, muss notwendigerweise der Wirklichkeit ähneln. Muss sich notwendigerweise bei der Wirklichkeit bedienen.

So steht es in seiner Rede.

Der Autor hat nichts Unrechtes getan, wenn er den Satz aus seinem Gespräch mit Petra Vinter übernommen hat. Das tun alle Autoren. Andere Künstler ebenso: Fotografen machen Bilder von der Wirklichkeit, Maler, wenn sie nicht abstrakt malen, malen die Wirklichkeit. Zwar in ihrer eigenen Version, aber sie stützen sich auf die existierende Wirklichkeit. Und woher haben sie ihre abstrakten Ideen, wenn nicht aus der Wirklichkeit und den abstrakten Gemälden in ihrer Umgebung?

Wenn das Kunstsein für den Missbrauch der Wirklichkeit entschädigt, was ist, wenn es sich um schlechte Kunst handelt? Was ist, wenn es keine Kunst ist?

Eine verzerrte Wirklichkeit würde man ja innerhalb des Journalismus niemals zulassen. Nicht einmal in der Sensationspresse. Man könnte das Zeitungshaus verklagen.

Wen verklagt man wegen Missbrauchs in schlechter Literatur? In einer Literatur, die keine Literatur ist?

Und wenn der Markt das Buch mag? Ist alles Übrige dann egal? Ja, würde sein Schwiegervater sagen. Muss er es dann nicht verantworten, dass er es dem Markt vermittelt hat? Nein, würde sein Schwiegervater sagen.

Aber wenn nicht er die Verantwortung hat, wer dann?

Das Quadrat von Null ist Null.

Auf der Nachrichtenliste ist ein Artikel über die Landwirtschaft erschienen, die unter Druck geraten ist. Wieder einmal. Säue, die an die Roste im Stallboden gekettet werden, damit sie nicht ihre Ferkelchen erdrücken. Ja, schau, darüber könnte man sich auch aufregen! Schweine sind intelligente Tiere, wenn man den Fachleuten trauen darf. Brauchen Platz, Bewegung. Wir müssen etwas zu essen haben. Auch die ärmeren Leute. Also wer kann die Bauern dafür kritisieren, dass sie die notwendigen Maßnahmen ergreifen, um billige Nahrungsmittel für alle herzustellen?

Draußen in der Welt schlachten sie sich gegenseitig ab, da kann man nicht dahocken und sich um Ferkel sorgen.

Wer dann?

Die Verbraucher? Die Politiker? Wer ist verantwortlich, oder ist die Welt nicht einfach so: Der Mächtige nutzt den weniger Mächtigen aus?

Was ist das Quadrat von 5 Millionen?

Und was, wenn es anders wäre?

Es ist nicht anders!

Das ist nicht die Welt, in der ich leben will, sagt Petra Vinter. Wir haben alle die Verantwortung für das, was wir beeinflussen können.

Ja, und es ist deine Verantwortung, dass es einfach unerträglich ist, dir zuzuhören!

Das erinnert ihn an etwas, was seine Frau einmal gesagt hat. Es muss zu Beginn ihrer Ehe gewesen sein. Nein, noch vor ihrer Hochzeit. Sie hatten sich eben kennengelernt. Er war dabei, ihre *Visionen für das Land* zu lektorieren. Sie hatten einen Kaffee vor sich stehen, und der Tisch war mit Papieren übersät. Es war ein phantastisches Buch, phantastische Visionen. Sie hatten es verdient, im ganzen Land verbreitet und von allen gelesen zu werden, ja, in der ganzen Welt. Er wusste, dass sein Verlag zu klein war, um das Buch gebührend zu unterstützen. Sie hatten auch keine Rechteabteilung, die den Titel im Ausland verkaufen konnte. Er hatte eine Weile darüber nachgedacht, ehe er sie fragte. Sein Chef hätte ihm die Frage nie verziehen. Die Visionen verdienten es.

»Warum geben Sie das Buch nicht im Verlag Ihres Vaters heraus?«, fragte er.

»Es ist ein Konzern«, antwortete sie. »Er repräsentiert alles, wogegen sich die *Visionen* wenden.«

»Schon, aber dann hätten Ihre Botschaften viel mehr Leser. Sehr viel mehr.«

»Das geht nicht«, hatte sie entgegnet und lange nachgedacht. »Dann hätte ich mir von Anfang an widersprochen und wäre nicht mehr glaubwürdig, weder vor anderen noch vor mir selbst.«

Das war der Augenblick, in dem er beschloss, sie zu heiraten.

Es ist lange her.

Was ist da geschehen?

Oder sind es einfach nur die Jahre, die vergehen?

Wenn sie heute jung wäre, würde ihr Buch von der Zukunft des Landes als pluralistischer Gesellschaft handeln. Vom Tod der Monokultur zugunsten der Multikultur. Davon, dass die Tugenden des Landes nur Tugenden bleiben können, wenn sie sich erweitern, um alle einzubeziehen: Toleranz. Respekt. Gleichwertigkeit. Ehrlichkeit. Vertrauen. Geborgenheit. Gerechtigkeit. Entgegenkommen. Auch diejenigen, die anders sind als wir. Alles muss sich ändern, um gleich zu bleiben, wie Lampedusa sagte.

Heute würden ihre Visionen diesem *Lasst uns die Fremden willkommen heißen und sie lehren, zu werden wie wir*-Plakat widersprechen, das zum Kennzeichen ihrer eigenen Partei geworden war.

Wenn er selber heute jung wäre, hätte er nie überlegt, Petra Vinters Geschichte an die Integrationsministerin weiterzuleiten.

Heute hätte er der Autorin der *Visionen* die Frage nicht gestellt.

Heute würde er überhaupt keine Fragen stellen.

Was soll man auch mit dieser ganzen Fragerei?

Der Schnee fällt in dichten Flocken.

Er wirft wieder einen Blick auf das Manuskript.

Wer trägt die Verantwortung dafür, dass so etwas gelesen wird?

Zum Teufel mit Petra Vinter!

Man soll nicht im Namen anderer moralisch sein.

Und im eigenen?

XXXIV

Schnee hat etwas Merkwürdiges. Es ist, als gäbe einem die weiße Decke die Illusion, von vorn anfangen zu können. Sich anders entscheiden zu können. Alles Verkehrte richtig zu machen oder jedenfalls, wenn nicht von vorn, so doch von hier aus anzufangen. Auf der Grundlage der im Laufe der Zeit erlangten Klugheit seine Wahl zu treffen, auf der Grundlage all der Fehltritte, die der Schnee mit seiner weißen Möglichkeit zugedeckt hat: Von hier kannst du anfangen. Du kannst wählen, von hier aus zu starten.

Oder auch, es zu lassen.

Idiot.

Man kann auf Lulas Haut gehen.

Oder ist es Petra Vinters Haut?

Er ist ins Grübeln gekommen, die Uhr zeigt fünf neunzehn. Er muss noch die vielen losen Enden miteinander verknüpfen. Seine Rede ist voller Widersprüche. Jedes Mal, wenn er etwas Stimmiges, eine unbestreitbare Wahrheit gefunden zu haben meint, scheint eine

Aussage aufzutauchen, die beweist, dass er irrt und die Wahrheit genau das Gegenteil von dem ist, was er eben geschrieben hat, und er muss weitersuchen.

So geht das nicht. Er muss überzeugend klingen, mit einer klaren These, die er untermauert, wie er es immer tut.

Wie man es zu tun pflegt.

Wo verläuft die Scheidelinie zwischen dem, was man verantworten kann zu schreiben und was nicht?

Schreibt Petra Vinter nicht selber über den Überfall?

Oder jedenfalls über das Drumherum?

Wenn der Künstler sich selbst aufs Spiel setzt, schreibt er. *Wenn die Handlung vom Künstler erlebt wurde, wenn sie in der Öffentlichkeit bereits bekannt ist oder wenn von vornherein klar ist, dass man, weil man den Künstler kennt, auch in eines oder mehrere seiner Werke eingehen wird, dann kann der Künstler sich alles erlauben.*

Wenn die Geschichten privat sind und von anderen erzählt wurden, die nicht wussten, dass sie in einem Buch verwendet würden, hat der Künstler die Pflicht, sie unkenntlich zu machen. Sicherzustellen, dass die persönliche Identifizierung in der wirklichen Welt unmöglich ist.

Oder die Erlaubnis einzuholen …

Ja, hier verläuft die Scheidelinie. Steht das eigene Blut des Autors auf dem Spiel? Gehören die Geschichten auf die eine oder andere Weise dem Autor? Sonst muss er sie zu seinen eigenen machen, indem er sie umschreibt.

Genau darum dreht sich Fiktion doch, nicht wahr?

Den Spiegel verzerren, so dass etwas anderes als die Oberfläche sichtbar wird. Das Persönliche universell machen.

Thomas Manns *Buddenbrooks* widerlegt, was er eben geschrieben hat. Das ist Literatur, von der man sich nicht lossagen kann. Trotzdem findet er, er habe recht. Wären die *Buddenbrooks* schlechter, wenn die Familie nicht erkennbar wäre? Wenn die Handlung nicht in Lübeck, sondern in Hamburg spielte?

Wer ist er, sich zum Richter über Thomas Mann aufzuschwingen!

Man kann nicht mit einer These anfangen, dann mit einer Gegenthese weitermachen, dann hinter diese ein Fragezeichen setzen und so weiter. Man muss die These, die man nun einmal aufgestellt hat, untermauern.

Wieso eigentlich?

Idiot.

Wenn er nun aber mit Thomas Mann befreundet gewesen wäre, bevor der ein Schriftsteller wurde?

Wäre er hinterher auch noch mit ihm befreundet gewesen?

Was wäre, wenn Mann ihm versprochen hätte, nie über ihn oder über eine Geschichte, die er von ihm gehört hatte, zu schreiben, und es dann doch getan hätte?

Was tut man dann?

Wenn etwas Kunst ist, rechtfertigt das alles? Und wenn es keine Kunst ist?

Damals auf dem Christianshavns Torv, da hatte er es eilig. Er hat es immer eilig. Hat wichtige Sachen zu erledigen. Der Zweck heiligt die Mittel. Auch um der Kunst willen muss das Mitgefühl geopfert werden. Oder?

Muss man beim Gericht der Öffentlichkeit Zuflucht suchen, weil es kein anderes gibt?

Und was, wenn wir das Jahr 2007 schrieben und die Medien alles bedeuteten und die Skrupellosigkeit des Autors wie geschaffen wäre für die Scheinwerfer, während man selber wie Schnee ist, der sich im Licht auflöst?

Verhält man sich dann wie Petra Vinter, meldet den Autor für immer ab, vergräbt sich mit dem Rest? Macht seine Erfahrungen und geht weiter? Trifft für sich seine Wahl, überlässt den anderen, ihre Wahl für sich zu treffen?

Entscheidet sich, die Geschichte die Geschichte erzählen zu lassen?

Was würde er selbst tun?

Was wird er tun?

XXXV

Er geht zum Fenster.

Es schneit weiterhin, nicht sehr dicht, aber still und ohne Ende. Zuerst schaut er nicht hin, aber schon bevor er auf die Straße blickt, weiß er, dass er sie nicht mehr sehen wird. Jedenfalls nicht von hier. Er geht zum anderen Fenster, es nutzt nichts. Von innerhalb des Hauses ist nichts mehr zu erkennen.

Es ist, als wäre sie nie dort gegangen.

Nie hiergewesen.

Das wellige Manuskript liegt auf seinem Tisch. Ein Rotweinfleck unter dem Titel. Es ist fünf Uhr dreiundvierzig.

Aber hat sie etwas anderes gesagt als:

»Bitte.«

Mit einer leichten Handbewegung in Richtung Manuskript, dann in Richtung des Fensters und des Schneegestöbers:

»Tut mir leid, dass es nass geworden ist.«

Und dann die Bemerkung in der Türöffnung, der Fuß war schon über der Türschwelle, der Kopf bloß gedreht, schwarzblaue Ringe:

»Du hast die Wahl.«

Hat sie mehr gesagt als das?

Sagte sie das?

Oder sah sie ihn nur an?

In ihn hinein?

War der Rotweinfleck auf der Vorderseite nicht immer da gewesen?

Er schließt die Augen. Er hat das Gefühl, als schnurrten die Flocken in seinem Kopf herum, und er macht die Augen wieder auf, atmet tief ein, geht aus dem Büro und den Gang hinunter bis zur Haustür.

Erst kann er sie nicht sehen, aber dann sind sie da, Dunkelung auf Dunkelung im Schnee, schräg und quer über die Straße nach links und weg. Er fühlt sich seltsam erleichtert. Weiß nicht, warum.

Warum?

Er geht in sein Büro zurück. Schaut wieder auf die Uhr, fünf dreiundfünfzig. Er ist ein guter Leser, er schafft das schon. Er holt sich eine Tasse mit frischem Kaffee, nimmt sich das Manuskript und setzt sich aufs Sofa. Zieht die Schuhe aus und fängt an zu lesen.

Von vorne.

XXXVI

Idiot.

Wie kann es da nur einen Zweifel geben? Es ist richtig gut gebaut. Eine spannende Geschichte von unangenehmen Leuten, die unangenehm handeln, und dann mit einer größeren Perspektive verknüpft, die dem Ganzen die nötige Schwere gibt.

Und wenn es nun Petra Vinters Geschichte ist?

Sie ist es nicht.

Das ist ja das Seltsame.

»Es ist meine Geschichte«, hat sie gesagt.

Aber sie ist es nicht. Der Roman handelt nicht von Petra Vinter, so viel kann er sehen. Er handelt nicht von Petra Vinter, nicht einmal dann, wenn er eventuell von etwas handelt, das sie erlebt hat.

Die Heldin ist eine ganz andere.

Sie hat nichts mit Petra Vinter gemein.

Der Überfall wird nicht beschrieben.

Nicht so, wie er ablief. Nicht so, wie sie ihn erzählte.

Es ist meine Geschichte, hat sie gesagt.

Das ist ja das Seltsame.

Und wenn es nun die Perspektive ist, die von Petra Vinter stammt? Die Einsicht?

Man kann nicht Besitzer eines Kontextes sein. Die Journalisten würden laut lachen, wenn er so etwas sagte. Das ist der Markt. Wenn der Autor das besser kapiert als Petra Vinter, dann ist es Petra Vinters Problem. Der Markt entscheidet, und er weiß, dass der Markt entscheiden wird, dass sich das Buch des Autors verkaufen wird, und zwar sehr gut verkaufen wird. Das hat der Autor entschieden. Das ist eindeutig. Ja, es ist tatsächlich nicht zu übersehen, wenn man es erst einmal erkannt hat. Aber das macht nichts. Die Welt will so etwas haben. Und wenn es auch eine Welt ist, die er nicht haben will, was kann er daran ändern?

So ist die Welt.

Man muss praktisch sein. Sich anpassen. Alles andere ist für Idioten.

Für Verlierer.

Er schlägt das Manuskript zu, schiebt es an den Rand des Tisches.

Im offenen Kamin glühte das halb ausgebrannte Holz. Die Flasche Armagnac war leer. Petra Vinters Stimme wurde zu einem Flüstern.

»Ich habe der Polizei nie erzählt, dass ich vier von ihnen erkannt habe«, sagt sie. »Als ich mich so weit erholt hatte, dass ich sprechen konnte, war klar, dass die Opposition die Wahl gewonnen hatte. Maktuba war Morenzaos Möglichkeit, nicht meine.« Sie spricht schnell, als ob sie etwas überspränge, aber er kann sich genau an ihre Worte erinnern. »José war tot, das war meine Schuld. Die vier gehörten zu Maktubas Leibgarde, Maktuba wäre beschuldigt worden, sie dazu verleitet zu haben. Ich wusste, dass er nicht dahinter stand, aber man hätte ihm die Schuld gegeben. Chaos wäre die Folge gewesen, vielleicht hätte die Wahl wiederholt werden müssen, wer weiß …?«

Petra Vinter steht auf und geht zum Kamin.

»Es waren dreiundzwanzig.«

Eine Zeitlang herrscht Schweigen. Weder er noch der Autor sagt etwas. Dann dreht sich Petra Vinter zu ihnen um, sie lächelt.

»In der Handlung des Einzelnen liegt der Keim zu den Handlungen vieler. Ich habe nie davon erzählt.«

Auch die Heldin in dem Roman des Autors sagt nicht, dass sie jemanden erkannt hat. Aber hier wird die Pointe genau andersherum verwendet. Weil sie nie davon erzählt, können der neue Präsident und seine Kumpane auf Frauenraub und Landraub gehen.

XXXVII

Wenn ein Künstler anderen von seiner Geschichte oder seiner Idee erzählt, haben andere das Recht, sie zu verwenden. Sonst müsste man eine Art Ideenkontrolle oder -polizei einführen, was unmöglich ist. Und selbst wenn es möglich wäre, wo sollte man die Grenze ziehen? Bei einer Idee? Einem Ereignis? Einer Passage? Einem Satz?

Er löscht den Absatz. Irgendetwas daran ist nicht wahr. Schreibt stattdessen:

Einem anderen eine Idee oder eine Geschichte zu stehlen macht einen zum Dieb. In den meisten Welten würde man dafür verurteilt und bestraft. In der Welt der Kunst …

Picasso? Joseph Heller? Dan Brown?

… kommen die meisten ungeschoren davon. Nicht nur ist es schwer zu beweisen, nein, auch wenn jemand erwiesenermaßen eine Idee gestohlen hat, kommt es in hohem Maße auf die Ausführung an.

Stimmt das?

Und die Ausführung kann nicht gestohlen werden.

Wer hat die Verantwortung, wenn er sie nicht übernimmt?

Was ist ein Roman im Quadrat?

Was ist das Viereck Autor, Verlag, Vermittler, Leser im Quadrat?

Liegt es immer in der Verantwortung anderer, dass die Welt so aussieht, wie sie aussieht?

Die Welt ist, wie sie ist!

Wie wird die Welt, wie sie ist?

Man ist genötigt, praktisch zu sein!

Sich zu arrangieren.

Ist man das?

Schweig, Petra Vinter.

Was ist der Markt im Quadrat?

Was bist du im Quadrat?

Halt den Mund, Petra Vinter.

Das Buch wird sich nicht halten. Die Welt wird dadurch nichts verlieren. Der Verlag wird etwas Geld verlieren. Er selbst wird etwas Geld verlieren. Vielleicht einen Job? Eine Ehefrau? Wo liegt der Kompromiss?

Er kann immer einen anderen Job finden. Etwa nicht? Eine andere Frau? Einen anderen Schwiegervater … Wo verläuft die Grenze?

Das Quadrat von eins ist eins, sagt Petra Vinter.

Es ist immer deine Verantwortung.

Halt den Mund!

Was ist das für eine Welt, von der Petra Vinter spricht? Wenn alle die Verantwortung übernehmen, bedeutet es, dass alle ständig ein Fragezeichen setzen. Hinter alles. Wie sähe die Welt dann aus?

Wir müssen überleben, oder?

Ist das Moralisieren oder bloße Logik?

Wie Kant gesagt hat: Handle so, als müsste jede deiner Handlungen die Grundlage für die Handlungen aller anderen Menschen sein.

Das Quadrat von eins ist eins.

Er geht zum Fenster und schaut hinaus. Es schneit noch immer.

Wie sähe die Welt dann aus?

Man kann immer eine andere Frau haben.

Einen anderen Schwiegervater.

Ein anderes Leben.

XXXVIII

Es gibt den Fleischskandal. Verunreinigte Nahrungsmittel, jahrelang an Geschäfte und die Bevölkerung verkauft.

Man sollte gar kein Fleisch essen. Man denke an die Tiere, Käfighühner, Käfigschweine, Käfigkühe.

Die Antarktis schmilzt. Jahr für Jahr schmilzt der zweihundertfache Wasserverbrauch des Landes. Bangladesch wird vom Wasser bald ausgelöscht sein.

Niemand sollte Auto fahren, sich in ein Flugzeug setzen, die Heizung aufdrehen.

Tausende Menschen sterben täglich an Hunger.

Niemand sollte mehr zu sich nehmen, als er benötigt, dann wäre für alle genug da.

Millionen Kinder arbeiten, statt in die Schule zu gehen. Der echte Teppich im Wohnzimmer, vielleicht wurde er von kleinen Mädchen geknüpft, die sich dadurch die Augen und Finger verderben.

Dein Unterhemd wurde von chinesischen Sklavenarbeitern genäht, wäre zumindest möglich.

Deine Medizin basiert auf Tierversuchen. Vielleicht sogar auf Menschenversuchen in der Dritten Welt.

Deine Technologie verschmutzt die Welt pausenlos.

Der Reichtum deines Landes gründet auf einer Geschichte von feudalen Bauern, Sklaventransporten, Mitläufertum.

Hör auf. Hör auf.

Wir müssen alle leben!

Was hast du über die Verantwortung gesagt, Petra Vinter?

Das Quadrat von 5 Millionen ist 0,000 000 … x.

Man ist genötigt, sich anzupassen.

Die Welt ist zu groß.

Das Quadrat von 6 Milliarden ist 0,000 000 000 … x.

Wir müssen alle überleben.

Nein. Es wäre nett, wenn es so wäre. Ist es aber nicht.

Der Stärkste überlebt!

Das Buch handelt nicht von Petra Vinter. Niemand wird in der Hauptperson auch nur das Mindeste von ihr wiedererkennen. Allenfalls werden einige glauben, sie habe dem Autor von ihren Erlebnissen erzählt. Doch nicht einmal das ist sicher. Es sind erkennbar andere Geschichten untergemengt. Nichts, was ihr ähnlich sähe. Im Buch erkennt sie den Oppositionsführer Maktuba. Es folgt eine ganze Reihe von Morden, politischen und solchen, in die UN-Angestellte verwickelt sind. Das ist ziemlich weit hergeholt, aber so steht es da und funktioniert, ist wirkungsvoll.

Verleiht der Pointe noch einen besonderen Trumpf.

Er kann doch hier nicht die Welt retten!

Petra Vinter ist ein Idiot!

Er reißt einen weiteren blauen Notizzettel vom Block und heftet ihn an das Manuskript. Ja, gute Kunst ist es nicht, vielleicht gar keine Kunst, aber es ist eine Art gelungene Unterhaltung, so was wollen die Leute heutzutage lesen. So ist es eben. So ist die Welt. Es ist die Welt, in der wir leben.

Das Quadrat von 6 Milliarden ist 0,000 000 000 … x!

Man muss praktisch sein.

Die Stärksten überleben.

Sich arrangieren.

Es ist ein gutes Buch.

Hervorragend. Woher will er wissen, dass es sich nicht halten wird?

Er rückt den Stuhl näher an den Schreibtisch. Jetzt weiß er, wie seine Rede enden muss.

XXXIX

Die Kunst kennt keine Regeln, schreibt er.

Es kann für sie keine Regeln geben. Jeder muss für sich selbst entscheiden. Jeder Künstler muss tun, was er will, muss frei wählen, welcher Mensch er ist. Welcher er zu sein wünscht. Genau wie der Verleger. Wie der Vermittler. Wie der Leser.

Genau wie alle anderen.

Er druckt die acht Seiten aus. Sechs Uhr vierundvierzig. Er muss im Flughafen duschen. Ein neues Hemd kaufen.

Er tippt die Nummer von zu Hause. Drei, vier, fünf. Er lässt es siebenmal klingen, ehe er auflegt. Seide? Bernstein? Muss schon etwas Großes sein. Petra Vinters Geschichte! Man muss sich arrangieren. So ist das Leben, Petra Vinter. So ist das Geschäft. Alle nehmen, was sie kriegen, und tut man es nicht selbst, ist man verloren. Es ist eine Frage des Überlebens. So ist es für alle. Auch für dich, Petra Vinter. Sieh zu, dass dir das endlich in den Kopf geht!

Denn alles andere ist für die Verlierer.

Die Idioten!

Das ist ein guter Schluss!

Er ist richtig zufrieden.

Er stellt sich ans Fenster, um die acht Seiten ein letztes Mal zu lesen. Es schneit noch immer, aber nicht mehr so heftig. Irgendwo sind die Schneepflüge an der Arbeit, er kann sie hören. Ein schwaches Brummen. In schmale Straßen wie diese kommen sie nicht. Hier liegt der Schnee hoch.

Durch die morgendlichen Windstöße fallen die Flocken schräg und ungleichmäßig. Noch gibt es keinen Schimmer von Licht am Himmel, trotzdem scheint das Dunkel eine andere Nuance zu haben. Hinterlässt keinen Zweifel, dass dieser Teil der Nacht schon dem Morgen gehört.

Er kann Petra Vinters Fußspuren nicht mehr erkennen, er sieht auch nicht mehr nach ihnen.

Das stimmt nicht. Man kann nicht von vorne anfangen, Petra Vinter.

Die Welt ist, wie sie ist.

Man muss praktisch sein. Sich arrangieren.

In einem Punkt hast du nämlich recht: Man hat Verantwortung, wie man Einfluss hat: Eins dividiert durch das Quadrat von 6 Milliarden ist 0,000 000 000 … x.

Gleich werden alle in der Stadt ihre Häuser verlassen, um zur Arbeit zu gehen, die Kinder zur Schule zu bringen, von ihren Geliebten nach Haus zu gehen. Gleich werden alle in den Schnee hinaustreten und ihn mit ihren Füßen markieren, Petra Vinters Spuren verwischen.

Wenn sie noch da sind.

Wenn sie je da gewesen sind.

Alle Beziehungen, Freundschaften, ja, sogar das, was sie Liebe nennen, ist ein Geschäft: gegenseitige Bestätigung, Sex gegen Fürsorge, soziale Struktur gegen soziale Struktur. So ist es eben.

So braucht es nicht zu sein.

Hat Lula gesagt.

Es ist nicht wahr. Dass er an ihrer Tür klingelte. Es ist wahr, dass er daran dachte. Oftmals daran dachte, jahrelang. Sie war nicht zu Hause. Nein, das ist auch nicht wahr. Einmal stand er vor ihrer Tür oder richtiger: Er ging vorbei. Auf der anderen Seite der Straße. Es brannte Licht. Er ahnte einen Schatten, es hätte Lula sein können. Es hätte jemand anderes sein können. Er hörte Kinderweinen. Es war zu spät, sagte er sich. Die Frau mit dem Kinderwagen ging an ihm vorbei. Es war zu spät. Für ihn.

Es war von Anfang an zu spät. Alles.

Die Welt ist, wie sie ist. Er wurde in sie hineingeboren.

Für ihn war es von Anfang an zu spät.

So braucht es nicht zu sein.

Sagt Petra Vinter.

Manchmal hat man eine Chance.

Nicht noch mal dieselbe. Aber eine neue.

Immer.

Es ist nicht wahr, Petra Vinter.

In jeder menschlichen Handlung liegt der Keim zu den Handlungen vieler.

Kann schon sein.

Aber wo wären wir denn, wenn jeder immer nur seiner inneren Überzeugung folgte? In einer solchen Welt könnte man nicht leben.

Im Übrigen hat er das doch wohl getan, Christianshavns Torv, I. O. Immer. Er hatte etwas zu tun, das war es, woran er dachte. Wofür er etwas fühlte.

Er stopft die Rede in seine Tasche und zieht den Mantel an.

Geht in den Korridor und öffnet die Tür. Bleibt stehen, als ihm der Schnee ins Gesicht fegt.

Oder war er einfach praktisch?

Arrangierte sich?

Er tritt einen Schritt zurück, zieht die Tür zu und geht ins Büro zurück.

»Hände hielten sie überall, den Körper …«

Plötzlich hält er es nicht mehr aus.

Nur eine Sache ist nicht wahr. Welche?

Was ist mit den Gesichtern, die sie erkannt hatte? Den vieren, derentwegen sie ihre Geschichte nicht laut erzählte? Ist es wahr?

»Zwei Dinge wurden mir klar, als ich dort lag: Was andere einem antun, kann man überleben. Man kann nicht überleben, was man selber andern antut.«

Ob sie Letzteres hinzugefügt hat, weiß er nicht mehr mit Sicherheit. Vielleicht hatte er gefragt oder es bloß gedacht.

Lag?

Nein, das hat sie auch nicht gesagt.

Stand, sagte sie. In seiner Vorstellung steht sie umringt von den Männern auf der Straße. Neben dem Auto. Ja, das weiß er sicher. Der Rest ist im Buch.

Was andere einem antun, kann man überleben. Nicht das …

Ist das wahr?

Kann man das?

Im Buch ist der Überfall ein ganz anderer. Trotzdem ist er der gleiche. Im Buch umringen sie nur fünf. Er setzt sich wieder, um das Kapitel mit dem Überfall zu lesen, er nennt es schon gar nicht mehr Vergewaltigung, Massenvergewaltigung, er weiß nicht, warum, aber er verwendet die Wörter nicht mehr. Nein, der Überfall … nach zwei Absätzen muss er aufgeben. Er hält es nicht aus.

Durchsichtige Augen, die vom dreckigen Parkett aus die Geckos an der Decke anstarren.

Ihn anstarren.

Idiot!

Was andere einem antun, kann man überleben.

Diese blauschwarzen Ringe, die ihn umkreisen.

Wie Fußspuren.

Er kann nicht anders handeln, als er es tut.

Oder doch?

Alles hängt zusammen. Der eine Schritt zieht den anderen nach sich. Keiner will verstehen. Akzeptieren.

Die Welt ist, wie sie ist.

Man ist genötigt, sich zu arrangieren.

Praktisch zu sein.

Auch du, Petra Vinter!

Genau wie alle anderen, sagst du.

Ich kann nicht!

Er geht wieder an die Haustür und öffnet sie.

XL

Der Schnee hat ihre Spur vollständig getilgt. Die Oberfläche liegt blank und gleichmäßig da. Als ob Petra Vinter hier nie gegangen wäre. Und ist sie es? Plötzlich zweifelt er. Trotzdem ist es, als wollten seine Füße genau wissen, wo sie auftreten sollen, als lägen die Spuren unter der Schneeoberfläche und warteten auf ihn. Wenn er folgen wollte …

In Petra Vinters Fußspuren zu treten heißt, in seine eigenen zu treten.

Und was bedeutet das denn nun?

So ein Unsinn.

Idiot.

?

Das Feuer ist fast ganz niedergebrannt. Nur silberrote Lichtfäden winden sich noch im Schwarz.

»Ich hatte die Autotür gepackt«, flüstert Petra Vinter. »Habe den Schlüssel ins Schloss gesteckt und die Tür aufgemacht, als …«

In der Bar klingelte das Telefon. Der Barmann kam zu ihm.

»Telefon für Sie. Es ist wichtig.«

Als er zurückkam, war das Feuer erloschen, und Petra Vinter und der Autor standen auf.

»Ich verspreche, nichts von dem zu schreiben, was Sie erzählt haben«, sagt der Autor wie eine Wiederholung des Versprechens, das er zu Beginn des Gesprächs gegeben hatte.

Was ist wahr und was nicht?

Wurde Petra Vinter vergewaltigt oder nur überfallen?

Erkannte sie einen oder vier von ihnen?

Ist sie krank, oder ist sie nicht krank?

Und wenn nun nichts davon wahr ist, was dann?

Würde das für ihn etwas ändern?

Für seine Wahl?

Was ist sein Quadrat?

Du kamst nicht zu mir, weil ich ein Niemand war.

Hat Lula gesagt.

Du trittst nicht in meine Fußspuren, weil ich dich nicht zu einem Jemand machen kann.

Sagt Petra Vinter.

So braucht es nicht zu sein.

»Du hast die Wahl.«

Der Schnee liegt dicht und hoch.

Nur noch vereinzelt schweben die Flocken vom Himmel. Es sieht aus, als wollte es bald aufhören zu schneien und als wollte der Tag aus dem dichten Grau hervorbrechen. Lange steht er da und betrachtet den tiefen Schnee. Aus irgendeinem Grund erinnert ihn die weiße Oberfläche an die Zimmerdecke, von der Petra Vinter erzählt hatte.

Der Mangel an Rissen, um sich festzuhalten.

In jeder menschlichen Handlung liegt der Keim zu den Handlungen vieler.

Wie konnte er bloß nicht wissen, was der Satz bedeutet?

Idiot!

Er lächelt, nickt sich selbst zu. Steckt den Schlüssel in die Tür und schließt auf. Beeilt sich ins Warme zu kommen und macht die Tür zu. Geht dann ruhig in sein Büro, setzt sich an den Schreibtisch und schreibt einen Brief. Druckt ihn aus, liest ihn durch und unterzeichnet. Legt den Brief mit dem Manuskript in den Korb für die Sekretärin.

Dann geht er hinaus, macht die Tür wieder auf und wirft sie hinter sich ins Schloss. Geht die drei Stufen hinunter und betritt den unberührten Schnee.

Wie alle anderen.

Hinweise

Die beiden Zitate aus August Strindbergs *Das rote Zimmer* in Kapitel XIII stehen auf Seite 241 von Emil Scherings Übersetzung bei Georg Müller, München 1919.

Das Zitat am Ende von Kapitel XVIII aus dem Lied *Bortom det blå* (»Jenseits des Blaus«) der schwedischen Sängerin Lisa Ekdahl ist hier erstmals ins Deutsche übersetzt; der Übersetzer dankt Klaus-Jürgen Liedtke für die freundlichen Hinweise.

Das Zitat aus Thomas Manns *Doktor Faustus* in Kapitel XXVI steht auf Seite 226/227 bei S. Fischer, Frankfurt/M. 1999.